Sois belle
et
tais-toi !

Sois belle
et
tais-toi !

AMANDINE GROSJEAN

City
Témoignage

ISBN : 978-2-8246-0719-1
Code Hachette : 43 6749 6
Rayon : Témoignage

Catalogues et manuscrits : www.city-editions.com

Dépôt légal : février 2016
Imprimé en France par France Quercy - Mercuès - N° 60137/

1

– Et toi, Amandine ?

– Moi, je veux être top model ! lançai-je avec toute la candeur et la joie qu'une petite fille peut exalter dans ces moments-là, presque magiques.

– Ce n'est pas un métier, ça, me rétorqua-t-elle avec sa moue renfrognée, l'air de dire « Mais qui est cette gamine si prétentieuse ? » et surtout « Mais, mon Dieu, quelle éducation a-t-elle bien pu recevoir ? »

Brisée. J'étais totalement brisée. Tous les visages se tournèrent vers moi. J'étais seule, m'enfonçant honteusement dans ma chaise, noyée par cette multitude de petits yeux goguenards. Je ne comprenais pas pourquoi mon métier n'était pas recevable, et ceux de tous mes camarades de classe, si. Pourquoi pas top model ? Moi qui décryptais de manière presque obsessionnelle les reportages sur Claudia Schiffer, Karen Mulder et Naomi Campbell. Elles étaient somptueuses, à l'infini plus sexy que ma maîtresse d'école, portaient des robes de couturiers magistrales, loin de sa blouse en viscose imprimée géraniums, et elles, tout le monde les adulait.

On peut dire que l'histoire a commencé là. Et que, finalement, ce goût de l'interdit, le désir de contredire ma hideuse maîtresse, transpirante de frustrations névrotiques, m'a poussée à réaliser mon rêve de fillette : être top model.

À partir de cet instant, j'ai tracé mon plan de carrière : à 15 ans, je serais repérée par un éminent photographe de mode talentueux comme David Lachapelle et je m'évaderais vers New York, bookée par la plus grande agence de mannequins mondiale. Mon visage et mon corps aux courbes et mensurations idylliques représenteraient les plus grandes marques de cosmétiques et je serais la *first face* idéale aux défilés Dior et Lanvin. À l'époque, j'avais la foi, je croyais en ce milieu et j'étais pleine d'espoir.

Hauteur. Poitrine. Taille. Hanches. Âge. Remplissez la fiche et joignez-y une photo portrait et une photo en pied.

– C'est quoi, une photo en pied ?

– C'est une photo de toi en entier, répondit ma grande sœur.

Nous voilà parties, toutes deux, à improviser un shooting dans la salle de bains. Parce que la mosaïque bleu azur, on trouvait cela drôlement mode. Sourire, moue boudeuse, profil, cheveux relevés, éclats de rire. Nous avons reproduit à l'identique les pages des féminins. Même la pause en bikini rose dans le jardinet, ultrasophistiquée, avec le banc noirci de rouille en toile de fond. Nous étions au paroxysme de notre créativité.

À peine nos parents avaient-ils le dos tourné, nous incarnions Kate Moss et Ellen von Unwerth en pleine cambrousse auvergnate. Je dissimulais bien évidemment toute preuve et pièce à conviction pouvant dévoiler ma dangereuse ambition à mes parents. À 15 ans, leur toute petite fille ne pouvait pas prétendre intégrer un tel milieu de drogués notoires, où les filles sont violées, anorexiques, écervelées et carburent au cocktail anxiolytiques-héroïne. Non. Il en était hors de question.

Tout cela se faisait donc à leur insu. Courir en amont récupérer les photos développées (M. Dumel, le propriétaire de la boutique photo, avait cerné la manigance et nous jetait un regard complice et putride quand il nous croisait), envoyer les candidatures aux nombreuses agences de mannequins parisiennes, attendre le facteur comme on attend des résultats d'examens pour le dépistage du cancer.

Et pleurer en silence.

Mademoiselle,
Nous avons bien reçu votre demande afin d'intégrer l'agence X, mais malheureusement vous ne correspondez pas aux critères que nous recherchons. Nous vous souhaitons bonne chance pour vos prochaines candidatures.
Cordialement,

Guy Bourtin.

Guy Bourtin. J'aurais préféré Peter Davis ou encore Ignaci del Prado, pour le style. Mais non, pour en rajouter à mon désespoir, c'était un Guy qui m'annonçait que ma carrière de mannequin n'en serait jamais une. Un Guy ! Quel prénom atrocement suranné pour bannir mes rêves ! Signer de trois lettres seulement ces quelques phrases de torture. G-U-Y. Il aurait pu avoir l'intelligence créative, même empreinte d'humour noir, et ajouter ces quelques mots à la fin de la page dactylographiée : *Votre cher et tendre bourreau, Guy.* Son refus m'aurait été plus agréable. Tout au moins dans mon esprit adolescent. Un Guy ne pouvait pas avoir une opinion propre et saine sur mon avenir photogénique. Quels étaient ses critères ? Mince ? Blonde ? Pucelle ? J'étais tout cela.

Le temps s'écoula. Après quatre lettres de refus sans aucune explication et une candidature probablement égarée sous une pile de contrats à plusieurs zéros, je préférai attendre ma majorité. Dans trois ans, je déménagerais dans une grande ville, libre de commencer ma carrière. Libre de me perdre dans la plus grande déraison. Mais cela, je l'ignorais encore.

2

– Vas-y, sois coquine ! Souriiiis ! Ouais ! Secoue les cheveux. Ouvre la bouche. Regarde à gauche. Déhanche-toi plus. Comme ça, oui. Tourne le visage vers la lumière. Baisse le menton. Lève le bras. Descends l'épaule. Ouais, reste comme ça. Bouge pas. Le regard plus profond, allez, sois sexy. Voilààà !!! Yeeeeees ! Génial, on l'a. Allez, Véro, change-lui ses fringues. Pour le make-up, Dora, tu lui fais plus léger sur les joues. Là, c'est trop show-off. Et pour la coiffure, Seb, on en est à la trois… *La blonde givrée.*

Blonde givrée. Il parle de moi ?

Le photographe s'éloigne du plateau et va s'asseoir sur sa chaise pliante noire, celle rien que pour lui. Comme un vrai réalisateur de cinéma. Il est en fait un photographe de catalogue de coiffures ringardes. Il ne veut pas le savoir.

Il jette un regard satisfait sur ses souliers Armani. Allume une Marlboro Light. Tape du pied, encore dans l'énergie de *sa* prise de vue. Glisse la main dans ses cheveux grisonnants.

Expire sa fumée goudronnée. Se relève élégamment, va changer la pellicule de son Mamiya argentique. Un stagiaire récupère l'ancienne et marque le numéro du shoot dessus au crayon rouge : 12.

Je suis assise dans une micropièce annexe, devant un grand miroir vieilli. Des multitudes de Polaroid sont collés sur tous les bords. Des photos de shootings, de backstages. Sur la tablette en dessous trône un amas de produits de beauté et de maquillage. Je n'en reviens pas. Il y a tout ce dont une fille peut rêver. Tout.

Un panel de crayons pour les yeux de toutes les couleurs, des vernis à ongles pailletés, de la poudre étoilée pour le décolleté, des rimmels à gogo, des plumeaux roses, soyeux, doux, petits, moyens ou extragrands…, des faux cils, des crèmes onctueuses, tous les fonds de teint possibles, des recourbe-cils, des blushs rosés, du gloss repulpeur de lèvres… Dior, Mac, Givenchy, Yves Saint Laurent. C'est le paradis de la cosmétique.

À ma gauche, un portant de vêtements. Taille 34. La styliste s'y affaire, cherchant ce qui pourrait bien m'aller pour la photo à suivre.

– Mets-lui la mini noir et blanc ! lance le coiffeur. Elle a de belles jambes ; ça ira mieux qu'à Sofia.

J'avais repéré la mini sur le cintre en arrivant tout à l'heure. C'était le modèle le moins laid du portique. J'espérais tomber dessus pour ma première vraie séance photo, histoire de me sentir à la hauteur. Véro m'efface un blush rose girly qui me fait prendre 10 ans d'un coup.

– Non, je vais lui mettre cette salopette avec la

marinière. C'est le thème océan ! C'est pour l'été, faut être frais !

Elle brandit une masse de tissu informe. On dirait du jean. Ou du velours peut-être. On ne distingue pas le haut du bas. J'ai peur du résultat. Le thème océan... Pourquoi ne pas me jeter une écrevisse sur l'épaule et m'asperger de jus de seiche ? Le maquillage me déguise, mais je me trouve resplendissante. C'est la première fois que je découvre mon potentiel sexuel grâce à un rouge à lèvres carmin et des faux cils à rallonge. C'est aussi la première fois que je porte un string. Le frottement de mes fesses nues sur mon jean me donne l'impression d'avoir oublié ma petite culotte.

C'est ma bookeuse qui m'a envoyée l'acheter hier après-midi en m'expliquant qu'il fait partie des « *must have* d'une bonne mannequin, ma chérie ». J'avais tourné fiévreusement pendant 45 minutes dans une boutique de lingerie, cherchant le string invisible par excellence qui allait se dissimuler parfaitement sous les vêtements du shoot. Je l'avais ramené dans mon appartement tel un trophée qui me faisait appartenir à l'ordre suprême des « filles plus belles que les autres ».

Je m'étais empressée de l'arborer devant mon miroir, me déhanchant, bougeant les épaules et plissant les yeux comme une fille de papier glacé. Je porte des talons aiguilles démesurés. Je n'étais jamais monté sur des hauteurs aussi vertigineuses.

Ma démarche est proche de celle de l'autruche, comme une vraie mannequin. Mes jambes se sont étirées comme du chewing-gum. On dirait que j'ai perdu cinq kilos. Mes hanches se déboîtent à chacun de mes pas dans un claquement de talon.

Je suis irrésistible et sexuelle. Je suis en train de perdre ma virginité vestimentaire. Ce jour est à marquer dans ma future biographie de top comme mon mai 68.

Moi qui viens d'intégrer une agence de mannequins en me faisant repérer dans la rue ! Je n'avais envoyé aucun courrier clandestinement, ni attendu de longues semaines. Cela s'était fait naturellement. Le chasseur de têtes m'avait donné l'adresse de l'agence et je m'y étais rendue dans l'après-midi, folle de joie. Ma vocation était enfin légitime.

J'avais brisé le tympan de ma bookeuse lorsqu'elle m'avait annoncé ma première séance photo payée. Un catalogue de coiffures lambda qui représentait pour moi déjà le Graal. Des photos publiées ! J'en rêvais depuis tellement longtemps. Et là, j'y étais. Au shooting. En salopette trop large et marinière. À simuler une séance de bronzage au soleil avec une coupe au carré ignoble. La situation avait été d'une hypocrisie flagrante :

– Une coupe au carré ? Allez-y ! C'est super !

Mais intérieurement, je pestais devant ma nouvelle tête façon Crazy Horse. Le photographe revient, son appareil lustré à la main, sa énième Marlboro de l'autre.

– Allez, on y va. *Blonde givrée.* C'est parti.

Il réajuste son réflecteur.

– Allez, on sourit ! On s'amuse ! On est en vacances à Ibiza avec ses potes. On écoute Carl Cox. Il fait chaud, c'est la fête. C'est hot sous les sunlights ! On est gourmande, rieuse, *fresh*, bien dans sa peau !

On ? Ça doit être comme ça qu'on parle aux mannequins…

La musique change : le dernier album de Madonna. J'essaie d'être plus à mon aise. Trois énormes spots me rôtissent le visage et font couler mon fond de teint. J'ai le nez luisant. La marinière qui gratte. Le gros orteil compressé dans un talon beaucoup trop haut pour moi.

– Fais semblant de t'appuyer contre une balustrade, me dit le grisonnant. Attends, on va lui passer un bout de bois pour faire semblant.

– Tiens, prends ça, me dit Dora.

– Merci.

Mon « merci » est presque inaudible. Comment vais-je m'appuyer sur un bout de bois qui ne tient dans l'espace que par mon imagination ? Je ne comprends rien. J'improvise. Totalement empotée. Gauche dans tous mes gestes.

– Mais noooooon ! Prends-le comme ça, Amandiiine !

Le photographe est traversé par une vague de panique. Il est méprisable face aux débutantes. Je lui renvoie son statut de photographe bas de gamme.

– Bon. Laisse tomber !

Ses sourcils mutent en accents circonflexes. Mon cœur tambourine. Il balance le bout de bois à terre, qui rebondit sourdement. Mon nez dégouline. Il réajuste ses spots, presse le déclencheur pour vérifier. Ses talonnettes italiennes résonnent musicalement. Il n'y a plus que Madonna qui s'éclate ici. Nous devrions écouter du Wagner : le rythme de la mélodie collerait mieux à ses sautes d'humeur. Il m'évoque un chef d'orchestre, les cheveux hirsutes, la redingote nerveuse, les bras en crise tétanique et les spasmes faciaux. Sa Marlboro pourrait être sa baguette. Et moi, la violoniste qui ne réussit pas son solo.

Soudainement, la cliente fait son entrée dans le hangar. L'éditrice du catalogue. Je suis grillée.

Elle a l'allure gracile, les traits doux. Ses cheveux sont courts. Roux. Toute l'équipe lui dit bonjour. Tous les visages se transforment. Étonnamment décontractés. Même le photographe prend une voix suave que je n'avais jamais entendue auparavant. Tout le monde s'embrasse goulûment, avec de grands gestes faussement chaleureux, à la frontière du grotesque. Tout le monde semble s'adorer. Depuis toujours.

Deux autres mannequins entrent. Ils ont à peu près 18 ans, comme moi. Il y a une fille et un garçon. Il est sculptural. Je n'ai pas l'habitude de voir des visages aussi parfaits. Il est rare que je croise un garçon et une fille d'une telle beauté l'un à côté de l'autre, comme dans une publicité.

C'est vrai. Je n'y avais pas pensé. La jeune fille est aussi remarquable. Au sens littéral du terme. Elle a de grands yeux verts et de longs cheveux blonds frisés. Sa peau diaphane et son corps frêle me font penser à une poupée de cire. Une poupée de musée.

– Hé ! poupée ! T'es avec nous ? On recommence ! On y va. Allez, *be fresh* !

Le chef d'orchestre bipolaire a pris sa dose de

lithium. Je reviens à mon shooting. J'avais oublié pendant quelques secondes que j'étais pétrifiée sur une croix noire au milieu d'un hangar, entre deux boîtes à lumière et deux retouches make-up. La reine du moment, c'est moi.

Tout le monde me fixe. Dora, la maquilleuse aux pommettes orangées, le coiffeur novice en carrés, la styliste et son portique slim, la cliente rousse, le stagiaire photo, la poupée à la peau diaphane et l'adonis. C'est bien lui qui me met le plus mal à l'aise.

Ils attendent tous que je décroche une pause à la *Vogue,* gesticule gracieusement avec la Madone et mette le feu au studio. La pression est palpable, le photographe me fixe de son objectif, presque accusateur. Il sait que je suis vierge de toute séance photo, mais ne m'aide pas. Au contraire, il choisit de me provoquer devant son assemblée de groupies silencieuses :

– *Go,* Amandine, montre-nous quelle mannequin tu es !

3

Quelques mois plus tard, je pars à l'antenne parisienne de mon agence provinciale : Modelsplus. C'est une agence de mannequins et de comédiens qui comptent plus de 300 physiques. Une véritable industrie. Une usine de visages juvéniles, une firme internationale de 90-60-90, une fabrique de sourires *ultra bright.* Reconnue pour être une bonne agence présente dans les campagnes de publicité, elle garde la réputation d'envoyer ses mannequins en masse aux castings pour être sûre de décrocher le contrat à nos dépens. Seule une vingtaine de mannequins de l'agence Modelsplus peut vivre de son métier. Les autres, les corps imparfaits, triment.

À mon niveau de carrière, être dans une agence n'a pas de prix. Mon manque d'expérience m'en fait souvent vivre de mauvaises et mon manque de confiance en moi accorde beaucoup trop de crédit aux autres. J'en suis tristement consciente.

Je suis accueillie dans de grands bureaux parisiens avec de grandes vitres donnant sur la grande avenue de la grande capitale. Les bookeurs sont grands, eux aussi, travaillent sur de grands ordinateurs avec des grands books et de grands mannequins. Grands par la taille. 1 m 81, 1 m 76, 1 m 78, 1 m 82… J'examine les composites des filles accrochés aux murs. Je me sens soudainement minuscule, du haut de mon mètre 70… Je cherche une Française. Il y a beaucoup de prénoms de l'Est. Agnieska, Petra, Katerina…

Des blondes ingénues, classiques, mais très rentables, des mineures aux traits graphiques pour les éditos, des métisses, la tendance commerciale, des androgynes, pour la mode des créateurs gay…

Elles ont leurs tiroirs, leurs étiquettes, leurs post-it collés au front en guise de code-barres. Étrange catalogue mural de filles photoshopées. S'il y avait des néons au plafond, je pourrais me croire aux abords d'un rayon de supermarché de corps. Sans les prix. Il ne manque pas grand-chose pour qu'ils soient inscrits en dessous. Certains ont sûrement déjà eu envie de le faire.

Ces jeunes filles imprimées me semblent toutes irréelles. Comme si elles n'existaient qu'à l'intérieur des publicités d'une page de magazine, d'un écran de télévision. Immatérielles comme des spectres, mais aussi inabordables telles des nymphes. Je les perçois avec beaucoup de naïveté et un certain lyrisme.

Je les imagine empreintes de grâce, de préciosité dans leurs mouvements, de délicatesse dans leur allure. Le velouté de leur peau, la légèreté exquise de leurs cheveux, la suavité de leurs paroles… Tout chez elles semble incarner l'entéléchie suprême de l'esthétisme féminin. Je veux moi aussi faire partie de cette sphère olympienne. Flotter sur ce nuage divin, respirer leur air pur et me nourrir de beauté.

– Tiens, Amandine, tu vas me donner ton book. Tu viens de Lyon, c'est ça ? me lance un bookeur, assis sur son fauteuil à roulettes, très consensuel et méprisant par rapport à mes origines. Il prononce « Lyon » comme une maladie vénérienne.

– Oui, c'est ça, dis-je de ma petite voix frêle, tendant timidement mon book et esquissant un sourire pour lui détendre ses traits si glacials.

Il commence à tourner les pages de mon book, misérable à ses yeux. Il les survole à toute allure. Son geste est sans âme, automatique. Il ne s'arrête sur aucune de mes photos. Pas si vite ! J'ai envie de lui agripper le poignet. Il ferme le book. Le tend à sa collègue en face de lui.

– C'est Amandine, elle vient de Lyon.

Il recommence avec Lyon. L-Y-O-N, ce n'est pas compliqué ! Pourquoi le prononce-t-il comme si c'était contagieux ? Je suis déroutée. La bookeuse recommence le même automatisme.

Pas une once d'intérêt. Pas un sourire ni un œil charmé. Et mon book s'évade dans une danse monotone, un voyage insensé entre les mains de tous les bookeurs de l'agence, qui le regardent, ou plutôt qui l'aèrent. Certains continuent leur conversation téléphonique et ne voient même pas les images. Je suis atterrée.

Mon book revient à moi. Mon book qui me paraissait presque magique quand je le regardais malgré le côté rudimentaire de mes photos. Dorénavant, je le considère tout autrement. Mon book est simplement bas de gamme. Nul, insipide, navrant, plat, grotesque, petit, minuscule, microscopique, moins que rien. Mon cœur tremble face à la moue des bookeurs. Je suis nouée. Mes doigts de pied recroquevillés dans mes bottes en cuir, mes cuisses tendues sous mon jean, mes mâchoires scellant ma langue à double tour, la respiration étouffée et ce désespoir qui m'engloutit petit à petit. Un poing me broie le cœur. Une angoisse étouffe mes poumons comme un vieux chewing-gum collé et piétiné mille fois.

– Tu es là pour combien de temps, Amandine ? reprend Imane.

– Une semaine.

– Très bien. On va te faire un flyer, car tu n'as pas de compo et on t'appellera dès qu'on aura des castings pour toi. Va voir Kurt, il va s'occuper de toi, me lâche-t-il, le visage toujours aussi caillebotté.

Je les intéressais un peu ? Après cette auscultation bâclée de mon book cancéreux, ils m'administraient tout de même une ordonnance ? Incroyable ! Je soupire de soulagement. Mon chewing-gum amer se décolle doucement.

J'en déduis que Kurt est le grand boss que l'on va me présenter et qu'il va choisir lui seul les photos à mettre sur mon flyer, car lui seul sait comment me représenter à l'extérieur.

Kurt est en fait le stagiaire.

Il a 15 ans. Avachi sur son fauteuil au fond de l'agence, il fait mine de travailler sous sa casquette délavée.

– Salut. J'vais t'scanner tes photos. Assieds-toi là, c'est pas trop speed comme truc. Le scan est un peu chelou. Il met des plombes à marcher. Tu veux un caf' ?

Son allure lymphatique me donne des reflux gastriques. Non ! On ne pouvait pas me faire cela à moi ! Me voilà envoyée au service des abonnés absents comme un vulgaire numéro parmi tant d'autres.

Kurt numérise mes photos. Kurt choisit celles qu'il préfère. Kurt me bricole un pseudo-composite. Kurt imprime les feuilles. Kurt me dit au revoir. Kurt ! Le stagiaire qui a l'air de ne rien piger au business ! Un gamin de 15 ans qui fait un stage pour ne pas redoubler sa troisième, bourré d'acné et de troubles obsessionnels compulsifs, comme celui de vérifier six fois s'il n'a pas oublié de photos dans le scanner.

Kurt fut la dernière personne de l'agence à me parler. De la semaine.

4

Je retourne donc à Lyon, abattue par ma semaine parisienne sans histoires, sans casting, sans saveur. Je me sens tel un fantôme ringard, flottant dans l'indifférence la plus cruelle, transparent de substance. Je m'en vais, lasse, seule, poursuivre mes études et continuer ce combat de mannequin en parallèle. En arrivant sur ma petite terre, une bookeuse me propose de faire le salon de la lingerie : *Underwear and Fashion.*

Ces trois mots résonnent dans ma tête comme un supplice auquel j'étais extrêmement fière de participer.

Une de mes deux agences me contacte un après-midi pour participer à ce salon. Non pas Modelsplus – la moins véreuse des deux –, mais Fashion Top. Fashion Top est une parfaite caricature de l'agence de mannequins bas de gamme et malhonnête par excellence. Fashion Top, c'est une mine de bookeuses aux yeux torves, une directrice pourrie d'avarice, prête à vendre ses pouliches à l'esclavage pour se payer son loft de 200 mètres carrés avec dalles en marbre et cheminée à l'éthanol. Fashion Top, c'est aussi une organisation désorganisée, des castings flirtant avec la foire au bétail et des jobs miséreux.

« Vous voulez manger une tartine de merde ? Ne quittez pas, Fashion Top va prendre votre appel. »

Chaque fois que je composais leur numéro, j'imaginais la standardiste mielleuse me répondre cette phrase. Mais je ne riais pas tant que cela. J'arrive donc chez Fashion Top. En plein centre-ville, dans un élégant immeuble haussmannien, je pousse la porte et m'installe à côté des autres filles dans le couloir. Nous sommes une vingtaine à attendre là, debout. Une vingtaine de novices qui n'ont pas encore eu la chance d'être bookées par des clients du salon de la lingerie. Les mannequins expérimentées, elles, avaient déjà été retenues par leurs clients des années précédentes et n'avaient donc pas à minauder pour décrocher un contrat.

Pour nous, la bataille ne fait que commencer.

Le salon débute demain. Aujourd'hui est notre unique chance pour trouver un client, directement sur place, alors que les stands commencent à s'installer. Quatre voitures nous embarquent. Au volant, les bookeuses altières et la directrice radine.

Dans la New Beetle, j'ai l'impression d'être victime d'un trafic de filles de l'Est : quatre inconnues, compressées sur la banquette arrière, quatre paires de talons aiguilles, quatre hauts moulants, un quatuor de chevelures brushées et, surtout, des visages figés par cet avenir proche incertain.

Quelle serait la charte à remplir ? Faudrait-il se mettre en culotte en file indienne jusqu'à ce que quelqu'un daigne nous choisir ? Faudrait-il essayer 246 ensembles de lingerie et parcourir 12 000 kilomètres en talons hauts pour espérer trouver un client ? Et les autres mannequins : coups bas ou solidarité féminine ? L'ambiance serait-elle celle d'une scène de gladiateurs grecs qui se battent à moitié nus (en l'occurrence en string) pour décrocher la victoire ? Les angoisses me saisissaient. Les questions culbutaient dans ma tête.

J'imaginais une scène de western, la fumée du sable brouillant les silhouettes des filles ultrasexy, en short en jean, chemise nouée au-dessus du nombril et longs cache-poussière. Elles portent toutes un Stetson et un ceinturon en cuivre gravé. Prêtes à dégainer sur la première qui volerait le contrat de l'autre, elles sont alertes, impassibles, troublantes de sensualité et de cruauté. Le silence est d'une pureté perçante. Les créatures sont aux aguets, leurs cibles sont précises, elles savent quelles filles peuvent leur faire de l'ombre. La main manucurée sur le revolver, le holster dessinant leur poitrine bombée, leur beauté est leur unique arme. L'Idéal l'emportera et l'Imperfection s'écroulera durement sur la terre battue, provoquant une nuée de honte et de saleté.

J'étais fière de me battre pour une cause aussi superficielle qu'excitante. J'entrais moi aussi dans le western eastwoodien.

Sur place, la guerre commence. Ma bookeuse et une dizaine d'entre nous bifurquent à gauche. Les autres filles et une bookeuse à droite. La directrice, elle, avance seule, pour grimacer avec les clients.

Premier stand : des maillots de bain brésiliens. Nous sommes agglutinées, cruches, gênées, maladroites. La cliente nous regarde comme un étalage de viande crue. Elle choisit trois filles – dont je fais partie – et nous demande de venir essayer un maillot. Le procédé me fait écarquiller les yeux. J'enfile le maillot dans une cabine d'à peine 50 centimètres carrés et jonchée d'objets sans nom au sol. Je manque de tout faire tomber. Le rideau, les cintres, le maillot. Je donne un coup de hanche malgré moi dans la porte en plastique. La cabane tremble. Il n'y a pas assez de place pour se retourner ! Je sors. Les joues rouges. La mèche en bataille. Les sept autres filles laissées sur le bas-côté me regardent avec dédain. L'ambiance est exécrable. Je tremble sur mes talons. Ma bookeuse me fait signe d'assurer.

La cliente brésilienne baragouine des mots semblant dire « Fais un tour sur toi-même ». J'avance. Perchée sur mes talons aiguilles, j'esquisse un tour sur moi-même, arborant le deux-pièces fluorescent. La moue de la cliente est simiesque. Elle est affreuse. Je stresse. Cette situation est absurde. Les filles me haïssent et n'attendent qu'une chose : le verdict de la Brésilienne.

– *No.*

Je ne suis pas prise. Je surprends quelques sourires chez les mannequins encore habillées.

C'est une grande Camerounaise au visage d'une beauté unique et aux courbes parfaites qui sera prise. Acha. La seule qui m'a parlé pendant le trajet. La seule qui ne me regardait pas avec mépris. Et celle qui deviendra plus tard mon amie.

Nous repartons vers d'autres stands. Rassurée d'avoir été dans la présélection, mais déçue de ne pas savoir pourquoi je n'ai pas été retenue, je me torture l'esprit pour comprendre. Trop petite ? Sûrement... Je suis encore la plus petite du groupe... Pas assez plantureuse ? Non, c'est mon nez. Pas assez droit. Mes fesses ? Oui, c'est cela, elles ne sont pas assez rondes. Je ne peux pas m'empêcher de me fustiger. Les clientes du stand suivant ne percevront pas mon humble existence. Pour celui d'après, je serai délibérément trop petite. Pour l'un, trop *frenchie*, pour l'autre, pas assez blonde. Je suis écœurée. Nous ne sommes plus que cinq. La bookeuse commence à s'impatienter. Je n'en peux plus de trépigner. J'ai deux pieds bots. Sans aucune vocation clownesque, j'ai dû parcourir plus de six kilomètres sur des échasses.

Je décide d'aller faire un tour seule. J'ai le moral au quarante-deuxième sous-sol. J'ai le visage le plus ingrat de la Terre, voire de la Galaxie. Si les extraterrestres envahissaient la planète, je serais encore plus laide qu'eux. Je croise des filles sublimes de 1 m 80, le sourire aux lèvres. Elles ont sûrement un client prestigieux. Je croise aussi des filles désabusées. Leur décrépitude ne me réconforte pas. Je suis entrée dans une réflexion totalement égocentrique : moi et mon physique. Je mélange les deux, le premier se prend pour l'autre ; j'en fais une entité disgracieuse. Je suis devenue laide en un après-midi.

Au bout d'une dizaine de minutes, une Américaine m'interpelle. La propriétaire d'un stand de lingerie et de maillots de bain new-yorkais très réputé. Elle me fait essayer un maillot de bain une pièce, rouge à pois blancs. Il me sied parfaitement. Aucun pli. Elle ne me demande pas de faire un tour sur moi-même, comme les petites danseuses des boîtes à musique. Elle ne me demande pas non plus de mettre mes talons tortionnaires ni d'essayer tous les modèles. Elle me demande seulement mon tarif jour et nous signons avec mon agence… pour trois ans.

5

Underwear and Fashion. Hall 4. Je frissonne en tanga et push-up noirs perchée sur des talons de 15 centimètres. Il est 9 heures, je commence mon premier jour de mannequin cabine. Mon job ? Essayer tous les ensembles de lingerie de la marque pour laquelle j'ai été embauchée à la demande des clients venus passer leurs commandes pour la saison prochaine. Mais aussi aguicher, appâter, séduire, attirer le client par mon sex-appeal naturel et le corps parfait que je suis censée avoir.

Pour résumer : je tapine sans acte sexuel à la clé.

Mon maquereau est très sympathique : il me propose de m'asseoir de temps en temps et m'offre parfois des verres d'eau. Pour 500 euros la journée, je deviens son corps, son hameçon, sa poupée à habiller et déshabiller. Cher payé ? Pas tellement.

9 h 05. Alors que d'autres enfilent leurs blouses, leurs bleus ou leurs uniformes, moi, je me déshabille. Mes employeurs ont à peine le temps de me voir habillée, ils ne me connaissent que dévêtue.

9 h 06. On me tend un ensemble en dentelle transparent et des talons aiguilles vertigineux. Sortie de la cabine exiguë, je dandine dans le stand, au paroxysme de ma sensualité, à peine éveillée, après une heure de métro bondé. L'espace d'un instant, je me demande pourquoi je suis là. Le salon est encore vide, les exposants sirotent leur café, les yeux plissés par le sommeil. L'air est glacé. Ils sont tous blottis dans leur pull, un croissant à la main, installés sur une chaise bien confortable. Moi, je suis quasiment nue sous la climatisation avec interdiction stricte de m'asseoir et de manger des croissants par peur que mon ventre gonfle. J'incarne l'Idéal, le mannequin de vitrine, livide, qui n'a pas de vie normale.

10 heures. L'atmosphère se réchauffe, les hommes arrivent par groupes. Certains ont volé des entrées ; ils ne sont pas tous professionnels. Lâcher de dragueurs, vicieux, frustrés. Déjà des dizaines de regards posés sur moi. D'abord dans les yeux, puis très vite sur ma poitrine, mes jambes, mes fesses. J'aperçois un homme faire le tour de mon stand pour vérifier la coupe de mon tanga. Je suis objet. Inanimée. Je commence à essayer d'autres ensembles. Un, 2, 10, 46. L'acheteur me fait porter toute la collection. Il veut tout scruter, tout inspecter, presque de manière chirurgicale. Il veut être sûr que je porte bien ce shorty transparent et que mon soutien-gorge est bien coupé. Il trouve des excuses pour s'approcher de moi. Frôler ma cuisse, m'observer de plus près. À chaque ensemble, je fais un tour sur moi-même devant lui, afin qu'il vérifie tous les angles de ce qu'il achète. Il peut même toucher les bretelles

s'il est astucieux. Ses yeux brillent, il a le rire niais d'un homme sous l'emprise des hormones. Il se hâte de me demander mon prénom et m'appelle Amandine durant toute la commande.

– Amandine, pouvez-vous essayer cela ?

Il me tend un body string et des porte-jarretelles, la pièce la plus sexy de la marque. J'acquiesce, sachant pertinemment ce qu'il cherche à ressentir. Il jouit de son pouvoir sur moi. Il est laid. Il croit avoir enfin la mainmise sur une femme excitante. Il décide de ce que je vais porter, il choisit comment je serai dénudée, il flirte avec son fantasme. Je ne suis pas gênée, ni mal à l'aise. Je me suis glissée dans la peau d'un corps modèle, je suis devenue la fille en plastique, référence de la taille 36. Je ne suis plus Amandine, mais un 85-60-89. Autour de moi, les hommes gravitent, les regards me jaugent, les femmes me méprisent.

12 heures. Un jeune trentenaire vient de se faire gifler par sa fiancée. Il me regardait avec trop d'insistance.

12 h 05. J'ai déjà amassé une dizaine de cartes de visite de photographes véreux. Je me sens obligée de les accepter en souriant. Pour l'image de la marque.

13 heures. Deux adonis viennent de déambuler devant moi en boxer ultramoulant. Ils sortent du stand B46. Leur musculature atteint une perfection presque chimérique. Ils me saluent, complices par notre quasi-nudité.

14 heures. Je m'amuse à compter les sourires mièvres. Certains hommes trébuchent en me voyant, d'autres arpentent mon allée plusieurs fois, faisant

mine de se tromper de chemin. Celui-là me demande l'heure, celui-ci me complimente, le vieux libidineux me soutient être un bookeur d'une grande agence de mannequins et le petit chétif me prend en photo avec son numérique. Ils sont tous là. Présents à l'appel. Beaux, malsains, drôles, gentlemen, pernicieux.

17 heures. Un sentiment de plénitude m'envahit. Admirée depuis le début de la journée, je me sens soudainement irrésistible. En un battement de cils, je pourrais avoir qui je veux. Je suis devenue toute-puissante. Je suis la fille que tous les hommes ont envie de dévorer. Je chaloupe, je vrille, je me déhanche. Je me sens star de cinéma, strip-teaseuse adulée, top model. Je suis dans l'antre de la beauté corporelle, au cœur de la dictature esthétique. Irréel, excitant, presque dérangeant, j'ai perdu les codes de la réalité. Je me sens incroyablement belle. Désirable.

À 18 heures, ma journée s'achève. J'ôte mes talons, des crampes me saisissent les mollets. J'ai attrapé un rhume, j'ai le nez qui coule. J'enfile mon jean, mes baskets. Au bord de la schizophrénie, je reprends le métro dans la peau d'Amandine.

Demain, à 9 heures, je remonterai sur mon piédestal.

6

Je vais m'inscrire à un concours de mannequins. En feuilletant les pages d'un magazine de castings que j'achète assidûment tous les mois, je prends cette initiative, à la fois folle et alléchante. Au lieu de traficoter une vie de pseudo-mannequin à côté de mes études, de végéter dans une agence champignonnière, je tente le tout pour le tout.

Le règlement indique simplement de se présenter à une présélection dans la ville de son choix. Cette présélection est organisée dans chaque grande ville de France, où on choisit une jeune fille qui remporte un book réalisé par un professionnel. La finale à Paris offre un contrat dans une agence de renom. La date pour la présélection de Lyon est passée. Je choisis par défaut celle de Paris, pensant que mes chances seront alors moindres.

Samedi 6 octobre, près des Champs-Élysées, les talons aiguilles se retrouvent par dizaines à s'entrechoquer sur le trottoir. Les jambes nues frissonnent et se frottent les unes aux autres, les jupes volent avec douceur, les poitrines s'exhibent, omettant parfois l'élégance, et les minois fardés se dévisagent. Une centaine de filles et une cinquantaine de garçons (le concours est mixte) s'affairent à l'entrée du bar parisien qui organise le concours. La nuit est tombée, les néons fluorescents de la rue illuminent les sourires, noyés d'hypocrisie honteuse.

Je suis affreusement mal à l'aise. Je me demande, comme souvent, ce que je fais là, hantant ces lieux malsains comme un hologramme, au milieu de toutes ces filles à moitié nues. J'attends qu'on vienne me tatouer mon numéro dans l'oreille.

Nous patientons. Dehors. Dans le froid. On remplit des fiches, comme toujours. Hauteur, poitrine, taille, hanches, poids, couleur de cheveux, couleur des yeux… Dépersonnalisées, numérotées, notre beauté est l'unique qualité requise.

Quarante-cinq minutes se passent. Une blonde me foudroie du regard. Elle porte une minijupe proche du slip et se pend au bras de son petit ami, cherchant pitoyablement à lui voler un peu de sa présence pour se donner une contenance. Il y a de jolies filles. Pas énormément. Il n'y a pas de beaux garçons… Peut-être deux. Je suis encore une des plus petites. Je complexe. J'ai mis presque deux heures à me décider sur ma jupe en satin et mes sandales noires ; je les regrette déjà. Nous entrons. On nous parque dans une salle en sous-sol avec banquettes en velours rouge et DJ aux platines. Évidemment, la pièce est trop petite pour nous tous. Nous nous retrouvons assis, une fesse dans le vide, la chaleur de la proximité nous faisant transpirer comme des bovins nerveux.

Après une heure de tergiversations (pendant laquelle aucune fille ne m'a adressé la parole), nous commençons à défiler. Une par une. Un aller-retour au milieu de 150 personnes, une pose devant le jury, 5 secondes par fille. Il faut plaire en un temps record. Le DJ s'excite, la température ambiante va exploser, on nous entasse dans un couloir, suivant l'ordre des fiches. Le jury s'installe : un mannequin professionnel, un directeur de casting, une bookeuse d'agence, l'éditeur du magazine. Je suis liquéfiée. Je ne sais pas derrière quelle fille je dois me positionner. Je suis minuscule dans la file d'attente. Le couloir est bondé de jambes nues et de seins compressés. Une odeur de déodorant flotte, la vanille et la sueur alourdissent l'atmosphère. Les toilettes sont pleines à craquer, un trio de filles monopolise le miroir. Fond de teint, mascara, poudre, gloss, les cosmétiques s'entassent sur le bord du lavabo. Les robinets coulent à flots, ça gicle, ça éclabousse, ça s'arrose. L'air frais du sèche-mains se gaspille dans les cheveux, les décolletés, les nuques. La chaleur est insupportable. Mon cœur veut visiblement sortir de mon corps. C'est la foire au bétail, le salon de l'agri-couture.

Les passages commencent. Le rythme est frénétique. J'entends mon prénom. J'y vais. Je tente la démarche chaloupée, je pose face au jury, la main sur la hanche. En un quart de seconde, je m'aperçois que le mannequin pro est absolument sublime de près. Cela me terrifie. Je décroche un sourire tremblant, mon regard est fixé sur lui. Il me sourit. La honte me paralyse. Je réalise pendant l'autre quart de seconde que mon visage est figé, momifié. Je vrille sur mes talons. Repars. Tous les yeux rivés sur moi. C'est effroyablement divin ! Ma seconde se termine avec ces dizaines de pupilles qui me déshabillent littéralement. Tous ces garçons qui attendent pour défiler et qui en profitent pour faire leur top 3.

Deuxième passage. Le jury veut confirmer son choix. Il m'est difficile de croire qu'ils aient le temps de repérer la plus belle des jeunes femmes. Une mannequin a-t-elle une aura si particulière ? Un charisme inné ? Nous ressemblons plutôt à de jeunes ados sorties de leur puberté, cherchant à prouver qu'elles sont de vraies femmes… Les traits trop lisses, les gestes gauches, la silhouette encore hésitante…

Les corps s'amassent une nouvelle fois dans le couloir. Il fait sombre. Je me sens notée par tous les regards. Le défilé numéroté est terminé ; nous attendons les délibérations. Je suis persuadée de ne pas être la reine de la soirée. L'Élue. Je garde le microscopique espoir d'être dans le trio final, mais un monologue nostalgique et morbide se chante en boucle dans mon esprit. Je me dis que je ferai mes adieux à ce monde si je ne suis pas gagnante. Que cela appartiendra à mon passé. On ne m'admirera pas, je ne serai pas une idole, je mourrai inconnue… Tout cela est une mascarade. Je ferais bien de retourner dans une vie plus authentique. Car, à ce rythme, je pourrais finir puant l'alcool, les yeux cernés, le corps osseux et le cerveau brouillé par de fausses réalités.

Le directeur de casting s'avance. La musique s'étouffe.

– Mesdemoiselles, le jury a fait son choix. Nous allons donner le nom des trois finalistes et de la gagnante, qui participera au concours national.

Tout le monde ravale sa salive au cours de la même infinitésimale seconde.

– Je commence par la troisième. Qui ne participera donc pas au concours final, je le rappelle : Eva Gagliardini.

Mon cœur sursaute. La fille se lève de sa banquette. Les regards pivotent sur elle en parfaite synchronisation. Déçue de ne pas être la première, mais fière de s'être fait remarquer, elle esquisse un sourire inachevé. Elle est jolie. Brune, les cheveux mi-longs, très fine, un petit minois touchant. Je ne l'avais même pas vue dans tout ce brouhaha. Je me ronge les ongles. Je ne suis pas à la hauteur de ce concours minable.

– La deuxième est…

Les respirations se coupent avec cette même synchronisation.

– Shirley Forget.

Je saisis mollement mon sac, soupire. Écœurée. La jeune candidate s'avance. C'est une copie conforme de la précédente. Brune, gracieuse, grande. Je vais mourir, m'enfoncer dans ma banquette jusqu'à disparaître entre les ressorts et la mousse. On ne verra plus que ma frange blonde qui dépasse. Je les trouve ravissantes ; il est évident que l'oscar n'est pas pour moi. Les larmes commencent à me nouer la gorge. Je me lève doucement, totalement dépitée. Culpabilisée de m'être laissé prendre par ce jeu malsain.

– Et enfin, la finaliste de ce soir ! Celle qui

remporte le book avec un professionnel et qui participera à la finale nationale ! La gagnante de la présélection parisienne est…

On entend craquer des doigts. Je préfère fixer le sol pour ne pas assister à cette scène de martyre.

– Amandine Grosjean !

Aaaaaaaaaaaaaaaaaah ! Mes deux mains se précipitent sur ma bouche. Toute la salle me jauge quand je me lève. Je pousse un « Oh ! » de stupéfaction.

J'avance, traquée par les projecteurs, au centre de la salle. Le jury me félicite. Le mannequin sublime m'embrasse ainsi que les trois autres décisionnaires. Au bord de l'évanouissement, une centaine de Parisiennes sont en train de m'achever du regard. Des garçons me complimentent et ajoutent que j'étais dans leur top 3… Charmant. Je ne réalise pas que j'ai franchi une étape, remporté une épreuve dans ma course à la réussite. La petite foule m'applaudit, une caméra me suit, on me présente le photographe qui réalisera mon book. Pas une candidate ne viendra me faire un compliment. Une viendra même me lancer avec dédain :

– C'est toi qui as gagné ? Mais t'es trop petite !

7

– Vous êtes la plus belle !

– Merci.

– Vraiment vous êtes superbe ! Sublime !

– Oui, enfin… Certainement pas *la* plus belle. C'est la coiffure aussi.

– C'est un ensemble, mademoiselle, vous…, la coiffure…

– Je ne serais pas la plus belle sans ce chignon !

La phrase tombe comme un suicidé du huitième étage. Silence. Les gestes de la coiffeuse s'arrêtent net de stupéfaction. Je sens son étonnement dans ses yeux. Elle reprend, ses barrettes à la main.

– Si, vous l'êtes déjà au naturel, belle.

– Belle ou *la* plus belle ?

Elle plante quelques barrettes pour finaliser sa coiffure haute couture, gagnant du temps, cherchant visiblement à trouver la bonne repartie pour ne pas froisser la toute jeune femme.

– Avouez que c'est une phrase polie, continue la mannequin, exaspérée par le zèle de compliments.

– Je suis sincère.

– Je vous l'ai entendu dire à une autre fille très moyenne tout à l'heure.

– Ah ?

– Vous voyez !

– Je n'ai certainement pas dit « plus belle » tout à l'heure, tente la coiffeuse, qui sent la Troisième Guerre mondiale se pointer dans son chignon.

– Si, je l'ai entendu !

– C'était une expression.

– Et me concernant, c'était une expression aussi ?

– Absolument pas.

– Une politesse alors ?

– Je vous trouve jolie.

– Vous me trouvez donc laide. Jolie dans ce milieu, ça ne veut rien dire.

La déclaration sonne comme une étrange réalité.

– Depuis combien de temps faites-vous du mannequinat ?

– Sept ans.

– Comment pourriez-vous être moche tout en étant modèle ?

– Je ne fais pas partie des mannequins les plus belles. Vous le savez, et moi aussi. C'est une angoisse. Je ne suis pas encore assez grande, pas assez femme...

La coiffeuse l'interrompt. Elle ne veut pas entendre une liste de défauts fictifs d'une jeune fille torturée. Elle est elle-même complexée, se sentant souvent laide à côté de toutes ces beautés qu'elle côtoie au quotidien. Ce serait bien trop saugrenu pour elle d'entendre une fille qui entre dans un 34 se plaindre de ses complexes ! Elle renchérit :

– Cette coiffure vous va très bien !

– Vous êtes beaucoup moins éloquente d'un seul coup. Vous m'avez menti !

– Non, je vous ai fait un compliment !

– Vous *vous* êtes fait un compliment sur votre coiffure ! C'est de l'autosatisfaction.

La jeune fille mute comme une adolescente en pleine crise existentielle. Elle semble avoir à peine 15 ans. Ses réponses me fendent le cœur.

– Je ne suis pas là pour cela, mademoiselle. Je coiffe 32 mannequins par jour !

– Peut-être aimez-vous vous autosatisfaire 32 fois par jour. Soit plus de – je sais pas – 150 fois par semaine et... 500 fois par mois ! C'est une bonne thérapie !

– Je n'ai pas besoin de thérapie, je ne suis pas malade.

La coiffeuse plante sèchement une épingle dans le chignon qui tremblote au son des voix.

– Aïe ! Vous me traitez de malade !

– Vous suivez une thérapie ?

– Ce ne sont pas vos affaires.

– Écoutez, mademoiselle, veuillez libérer la place pour la suivante.

– Vous me mentez ouvertement et vous ne finissez même pas ma coiffure !

La jeune fille s'agite sur sa chaise pliante, faisant sautiller son chignon de plus belle. La coiffeuse ne maîtrise plus sa sculpture capillaire, qui se délie sous l'agitation.

– J'ai un rendement à tenir, on n'est pas bénévoles ici ! Allez, oust !

– Ça, c'est sûr ! Les bénévoles n'auraient pas d'intérêt à mentir à tout bout de champ !

– Vous m'agacez, à la fin !

– Ah ! enfin un peu de franchise !

Elle la pointe de son doigt manucuré tout frais, les yeux noirs d'agacement et les faux cils en ébullition.

– Excusez-moi, vous me faites sortir de mes gonds.

– Je vais me plaindre à mon agence !

– Vous ne manquez pas de culot !

– Vous m'avez menti, puis crié après. Je suis quand même mannequin !

– Je ne vous ai jamais menti. Ça ne va pas dans votre tête, vous !?

– Vous avez avoué que « plus belle » était une politesse.

– C'est exact, se venge la coiffeuse.

– Donc, vous ne pensez pas au fond de vous que je suis la plus belle dans ces backstages ?

– C'était pour vous faire plaisir, Blanche-Neige !

– Eh bien, c'est raté. Je suis extrêmement vexée ! Vous êtes une menteuse ! Menteuse ! Menteuse !

La coiffeuse réalise que tout va soudainement trop loin et, surtout, que son chignon est en perdition. Il s'apprête à dégringoler comme une pièce montée trop secouée.

– Calmez-vous.

– Vous n'avez pas dit ce que vous pensiez vraiment !

– Non, c'est vrai.

– Vous avez donc menti !

– Si vous voulez.

– Vous avouez !

– Oui, ce n'est pas la stricte vérité.

Un chou à la crème s'approche du précipice.

– Excusez-vous.

– Je vous présente mes excuses ! Ça vous va ?

Il saute.

– Je veux une autre coiffeuse, celle-ci est moche ! hurle la mannequin.

– Mais vous débloquez ?!

Une énorme cascade de caramel blonde tombe du sommet du chignon pour dégouliner dans la nuque de l'hystérique.

– Je fais comme vous. Je critique !

– Il n'y a que les mannequins pour prendre mal les compliments !

Elle abuse. Moi qui étais plutôt de son côté, j'ai envie que tous ses choux s'écrasent sur le sol et qu'elle glisse dessus avec ses petits talons. Pataugeant dans sa crème pâtissière laquée.

– Ça me blesse ! Vous savez pourquoi, hein ? Ah ça, non, vous l'ignorez sûrement ! Vous qui êtes payée pour planter des épingles dans les crânes ! Eh bien, je suis moins bien payée que certaines filles qui défilent ici, moi !

– Parce que les chiantes sont à moins 50 %, non ?

– Merci !

Les épingles ont déserté à leur tour le chignon comme des petites fusées sous tension. C'est le feu d'artifice sur sa tête. La pièce montée continue de couler dans son dos, emportant les boucles fondantes comme des vagues de chantilly au soleil.

– C'est une question de tarifs d'agence, vous le

savez très bien ! Et vous n'êtes pas laide, vous êtes mannequin !

– Je suis forcément plus laide vu je suis moins bien payée que les autres !

– Mais !!!...

– Comment dois-je le prendre, selon vous ?!

Quelques secondes s'écoulent. La coiffeuse est dans les choux. Elle capitule comme un soldat vaincu dans ses tranchées de chevelus.

– Je peux faire quelque chose pour vous faire plaisir ?

– Oui.

– Dites-moi.

– Soyez honnête ! Dites-moi ce que vous pensez vraiment de moi physiquement.

– Vous voulez vraiment que je fasse cela ?!

– Oui !

– Ce n'est pas simple, ce que vous me demandez...

– Je vous demande d'être simple, justement.

– Très bien... Mademoiselle, vous n'êtes pas la plus belle, mais cette coupe vous va bien.

La coiffeuse est en train de refaire du caramel. Le chignon reprend forme doucement.

– Qui est la plus belle ?

Elle jette un coup d'œil autour d'elle, éreintée par sa bataille.

– Je pense qu'Éléonore est la plus jolie, heu..., belle ! Mais c'est une question de goût !

– Et j'arrive en combientième ?

Un, deux, trois choux remontent la pente.

– Je dirais troisième.

– Je vous remercie.

– …

– Pour une fois que quelqu'un est sincère avec moi. Un jour, je suis trop petite, le lendemain trop grosse, puis sublime, et le surlendemain, virée à un casting ! Je, je…, je n'arrive pas à me situer !

La coiffeuse hésite à remettre une barrette par-ci, par-là.

– Vous êtes pourtant très belle.

– Cela dépend pour qui.

Le lisseur arrive tel un héros conquérant la terre meurtrie.

– Disons que pour la planète entière vous l'êtes, mais pour certains bookeurs ou photographes, vous ne correspondez pas à leurs attentes. C'est une minorité, vous savez !

– Je vis au sein de cette minorité.

– Mais ils ont des exigences au-delà de la normale. Ils vous comparent à la perfection !

– Qui n'existe pas.

En quelques secondes, la laque a éteint le feu d'artifice, les chevelus sont partis, et les choux, recollés au sommet.

– Oui.

– C'est comme si l'on vous comparait aux meilleurs coiffeurs du monde, mais que vous ne pouvez rien faire pour être aussi bons qu'eux.

– En effet…

– Je ne peux pas m'améliorer, je suis comme je

suis ! Au mieux, je peux maigrir ! C'est tout ! Faire de la chirurgie ? Mais je suis trop jeune ! J'ai été élevée comme ça. Dans 15 ans, je suis botoxée et, dans 30, refaite intégralement.

– En attendant, votre chignon est refait, lui, et ne sera plus crêpé !

Un petit sourire s'esquisse sur le visage de la mannequin.

Les armes étaient déposées, mais le feu était déjà bien ouvert à l'intérieur de son corps tout juste sorti de l'enfance.

8

Finale nationale du concours de mannequins. Rendez-vous à Paris, dans un club branché. Un passage en jean tee-shirt et un autre en maillot de bain sont imposés. Nous sommes une centaine de finalistes, venues des quatre coins de l'Hexagone. Nous attendons toutes, serrées dans une petite salle, que l'on s'occupe de nous. Des journalistes de Mode TV viennent m'interviewer avec leur grosse caméra à l'épaule.

– Bonjour…

Il regarde mon étiquette sur ma poitrine.

– … Amandine ! Qu'attendez-vous de ce concours ?

Très intimidée par mon premier rapport télévisuel, je rétorque une phrase idiote :

– Euh… J'ai envie de gagner.

La fossette du journaliste se plisse. Il donne un petit coup de menton, hausse les sourcils, l'air de dire « Sois belle et tais-toi ». Il continue sa course aux réactions, se dirige vers une grande rousse d'au moins 1 m 77. Ici chaque centimètre est scruté ; on apprend même à mesurer à l'œil. Il lui pose la même question. Sauf que ma rivale a une repartie médusante.

– Je viens avant tout pour l'expérience, discuter avec des gens du milieu et me faire une idée de ce qu'est réellement le mannequinat. Défiler devant des professionnels, apprendre à vendre mon image, gérer mon stress tout en restant glamour et élégante, c'est cela que j'apprends aujourd'hui ! Même si je ne suis pas la finaliste, j'aurai acquis une expérience très riche…

Le journaliste lui esquisse un joli sourire. J'ai merdé.

L'après-midi se déroule… avec peine. On nous confine dans des loges minuscules. On nous fait remplir des fiches. Et on nous administre des numéros.

– *Shiiiit !* Il n'y a pas de plaiiice pour se changer ! C'est *unbeliveable* ! On n'est pas des animooos !!!

Une blonde vient de filer son collant. Elle s'énerve, assise par terre, coincée entre son sac à main entrebâillé et les fesses d'une autre candidate.

– Qu'est-ce t'as, toi ? Moi aussi j'ai la tête dans l'cul de ma voisine et j'en fais pas un caca nerveux !

Les hostilités démarrent.

– Arrêtez, on va pas commencer à se prendre la tête…, lance une troisième.

– *Stop it ! Stop it ! Easy for you !* Moi j'ai filèèèè mon Dim up ! *Fuck !*

– Mais qu'est-ce qu'elle a l'English !!!?? Elle a pété une durite ?

– *Ho my God ! Shut up ! Bitch !*

La cohue s'installe. Toutes les filles se recentrent autour du duo ukrainien-93. La pâleur et la fragilité de la première contrastent drôlement avec la peau dorée et le vocabulaire de la seconde.

– Comment tu m'traites, toi ? Non, mais attends, l'autre, elle met des bas de vieille pour défiler ! Et t'as la tête qui explose ou quoi ???!!! continue-t-elle avec verve.

La fille de l'Est se lève en furie. Debout sur ses jambes de 1 m 80, elle dépasse largement son adversaire. Le match Ukraine/Saint-Denis démarre. La blonde pousse la brune en hurlant un *« What the fuck is wrong with you ?! »* La brune lui attrape le poignet d'un geste étonnamment maîtrisé, enfonce ses ongles dans sa peau translucide et jure de plus belle.

– J'vais t'défoncer, sale blonde ! T'es pas la princesse ici ! Tu te prends pour qui avec tes jambes de Géant vert ?

La fille de l'Est ne répond pas. Elle est rouge de colère, son front se raidit et perle de sueur. On dirait un de ces combats de filles dénudées dans la boue. Entre le burlesque, le ridicule et le je-ne-sais-quoi de joli. Elle tire de toutes ses forces pour dégager son poignet emprisonné et, dans un élan de haine, balance une claque bien visée à la métisse.

Baaaam !

Tous les yeux sont écarquillés.

– *Fucking girl ! What are you doing here with your pig face ???*

1-0 pour l'Ukraine.

– J'vais te dégommer, sale pute !

Une deuxième claque résonne dans la loge pourtant petite. La brune a sévi. Égalité.

– Aaaaaaaah ! *My God ! What's wrong with you ?!!!*

Les deux filles ont muté en bêtes de foire abjectes, mais encore un brin glamour. Elles sont recouvertes de boue, elles en engloutissent même. Un coup de tête retentit. La blanche est projetée sur une banquette noire. 2-1 pour le 93. Le match est terminé. Un mouchoir en papier mouillé arrive pour atténuer l'hématome.

Les altercations estompées, le concours reprend son rythme. Comme si de rien n'était. Nous sommes prêtes. Le podium lustré brille sous les projecteurs, le jury a sorti sa chemise à jabot, les invités sont fiévreux à l'idée d'apercevoir autant de belles silhouettes. Quelques pervers au premier rang ont infiltré les lieux, des groupes à cravates installés généreusement à des tables s'acoquinent avec Moët & Chandon. Les barmen sont en transe, et tous les fan-clubs des candidates bouillonnent. *The show must go on.*

Martin Solveig ronfle dans les baffles géants. Les projecteurs s'assombrissent. La première fille descend l'escalier du podium, auréolée par une douche de lumière. Toutes les têtes suivent en cadence les passages. Le parcours est simple, mais en talons aiguilles, chaque pas est comme une épreuve de hockey sur glace. Le sol glisse. Je suis mes jumelles. Je descends les marches or et noir en veillant à ne pas regarder mes pieds. Comme le font les futures miss France lors des élections. On a toujours peur qu'une d'entre elles trébuche ou s'emmêle dans sa robe.

Quand cela arrive, au lieu de compatir, le fou rire nous saisit, nous renvoyant à notre propre peur d'être à sa place. Aujourd'hui, je suis à sa place. Et je ne ris pas.

Je suis angoissée. Horrifiée même à l'idée de tomber. Le podium est savonneux. On dirait un piège. Est-ce pour faire plus d'Audimat ? Les chutes des autres sont de bons gags. Mes talons tapent les marches avec maîtrise, je suis concentrée comme un astronaute pendant le décompte. Un des garçons avec qui j'ai sympathisé me fait le signe de la victoire. Je chaloupe comme pour ma demi-finale parisienne qui m'a porté chance, je souris, moins gênée que la dernière fois, et tortille des fesses. Je suis dans la peau de Gisele Bündchen.

La centaine de mannequins dilettantes ont défilé. Serrées dans les loges, nous attendons les premiers pronostics. Trente sont choisies pour un deuxième passage. J'en fais partie. La danse recommence. Même passage répété, même allure travaillée, mêmes gestes concentrés. Le jury est stoïque. Aucune émotion n'est palpable. Certains chuchotent à l'oreille de l'autre. Nos fiches sont séparées en deux piles. C'est atroce. J'espère être dans la bonne. Nouvelle délibération. Mon camarade de public me refait un signe d'encouragement tout en sirotant son gin-tonic. Le choix se porte sur huit filles. Je ne suis pas encore mise à l'écart. Arrive maintenant l'impitoyable étape du maillot de bain. J'enfile en 30 secondes mon deux-pièces brésilien noir. Je chausse des sandales hautes, glisse ma main dans mes cheveux. Les filles sont au bord du malaise : les perdantes dépriment et les finalistes bougent comme des petits automates surexcités. Ma voisine de banquette s'étale de la crème sur les jambes. Le tableau est loin d'être glamour. Une mineure dégingandée remet son string vulgairement, une brune squelettique regarde si elle n'a pas quelque chose entre les dents, une blonde décolorée finit de s'épiler le sourcil.

– Dernier passage ! Nous appelons les huit finalistes du concours national !

Le présentateur hurle dans son micro, les caméras sont braquées sur nous. Mon visage est en écran géant sur le mur. Mode TV me traque. Je transpire du nez. Mon teint est rouge vermillon. Je défile en maillot. Tous les hommes sont à l'affût ; c'est répugnant lorsqu'ils sont laids. Je croise des regards excités qui me dérangent. Je sens que l'on me scrute les fesses. Je suis un os à moelle face à 175 pit-bulls. Prêts à bondir. Il y en a un qui bave. J'ai la nausée, la tête qui tourne. Il donne un coup de coude à son pendant chinois. L'autre bave aussi. Leur groin renifle comme s'ils venaient de découvrir de la chair fraîche. Leurs pieds râpent le sol comme des sabots d'étalon avant la saillie. Ils ont la laideur de la frustration. L'obsession de la jeunesse parfaite face à leur vieillesse décadente.

Après notre passage, nous nous retrouvons en file indienne sur le podium, à attendre que le jury délibère. Debout en maillot de bain, j'attends. Immobile telle une statue grecque.

– Amandine, faites un tour sur vous-même.

J'avance d'un pas et m'exécute. Je suis une poupée à laquelle on a mis des piles dans le dos et qu'on active avec une télécommande. Je ne suis personne. Mon corps a pris pouvoir sur ma raison.

– Laura, pouvez-vous avancer et faire un tour également ?

Que cherchent-ils ? À noter nos fesses ? À exploser l'Audimat ? Tout le monde en profite abusivement. Je suis sur Mars. Je me sens tiraillée entre le désir de gagner et l'envie de fuir, loin, très loin de cet endroit avilissant. Je veux briller parmi toutes ces filles, me faire toute petite et m'enfoncer dans le sol. Je me sens belle et hideuse. Gagnante d'être parmi ces huit finalistes et douloureusement loin de la première place. Fière d'être admirée et affreusement honteuse d'être la chair que l'on détaille, que l'on pèse, que l'on examine.

– La gagnante du concours est Manon Etanalys !

Sous la déferlante d'applaudissements, la délicate jeune fille s'avance avec grâce. Son visage est triomphant. La foule se lève, siffle, acclame la beauté de la couronnée. Tous les journalistes se pressent, cherchant à capter l'émotion de la gagnante. Victorieuse, elle sourit avec plénitude. Ce soir, le sentiment d'injustice me glace. Je cherchais une récompense méritée par tant d'efforts, mais je ne pouvais recevoir que tout autre chose. Je ne pouvais gagner qu'une note de mon physique, un grade de ma beauté. Rien de plus. Ce soir, je ne suis pas le morceau choisi, la partie tendre et parfaite que l'on sélectionne. Ce soir, on me jette sans regrets dans la grande fosse des carcasses désossées, des corps défectueux. Ceux que l'on entasse, pousse dans le vide, sans se soucier de leur atterrissage.

9

Je vais tenter ma chance à l'étranger. Mon amie Acha, que j'avais rencontrée au salon de la lingerie, vient de s'envoler pour Barcelone. Elle souhaite faire des castings dans une agence de mannequins. Après leur avoir moi aussi envoyé mes photos par mail, je pars quelques jours dans cette agence : Abba Models. Elle a des chambres disponibles pour les mannequins étrangères.

Lundi matin. Mes parents m'accompagnent à l'aéroport prendre l'avion direction Barcelone. Avec le temps, ils ont été contraints d'accepter « mon travers » et ont été obligés de relativiser. Je ne deviendrai pas à coup sûr une toxico déglinguée et défroquée. Je ne snifferai pas toutes les nuits dans les boîtes parisiennes, ivre de Taittinger, blafarde et décharnée entre un photographe gay aux pupilles extasiées et un directeur de casting foutraque. Car c'est bien cela que j'apercevais dans leurs yeux angoissés. Je voyais la scène défiler dans leur esprit lorsque j'évoquais un casting ou le nom d'une agence. La peur les saisissait. Je devenais la petite fille pervertie, qui a mal grandi, au sein d'une secte à la porte dorée. Je portais la couronne salement, ma banderole de miss piétinée par les excès. Leur bienveillance parentale les poussait systématiquement à me poser cette question :

– Tu en es où de tes cours de journalisme ? N'oublie pas que c'est ça ta vie !

L'officielle, oui, mais l'officieuse m'excitait davantage.

Ils m'accompagnent jusqu'au passage de la douane. Me disent de faire attention à moi, d'appeler quand j'arrive à l'agence et me répètent en boucle de revenir si l'on me manque de respect. Oui, je pouvais revenir expressément, de ce point de vue là. J'allais enchaîner les castings, je n'allais pas être gratifiée d'une médaille. Les courbettes ne seraient pas l'apanage de mon quotidien. Ils m'embrassent tendrement et me regardent partir au loin. Je les regarde aussi me faire signe de l'autre côté de la barrière, souriants, peut-être émus, je ne sais pas. J'ignore s'ils sont heureux pour moi. S'ils acceptent finalement mes caprices sans véritable émotion ou s'ils sont un peu fiers de me voir vivre mon rêve.

Au cours du vol, j'ai des bouffées de chaleur. Mon ventre est tordu par des spasmes piquants, un long frisson refroidit mon sang, j'ai froid, chaud, je ne sais plus. Lorsque j'imagine le visage des bookeuses, j'ai peur de ne pas être à la hauteur. Au sens figuré, puis au sens propre. J'ai menti sur ma taille. Je ne fais pas 1 m 72. Deux centimètres dans le monde du mannequinat équivalent à deux années d'études dans la vie réelle. Le CV se mesure sous la toise et non au temps passé sur les bancs de l'école. Je ne voulais pas manquer une telle opportunité. Un petit mensonge était nécessaire. Vingt millimètres. Si peu. Et tellement à la fois. La circonférence d'un bouchon de Volvic, la taille d'un scarabée, la longueur d'un embryon humain de sept semaines… J'ai mis des bottes à talons pour masquer ma quête obsessionnelle du centimètre. Mes pieds s'engourdissent dans l'étroitesse des rangées de sièges. J'ai pris des billets dégriffés.

Je fais une escale en Suisse ; j'ai plus d'heures de voyage que pour aller à New York. Ma motivation se mesure à mes conditions de voyage. Je m'imagine jeune mannequin en voyage d'affaires, entre deux avions, deux prises de vue. En plein *jet-lag*, j'enfile mes lunettes *oversize* pour cacher mes yeux fatigués et commande un déca au steward qui s'empresse de me servir, car *je* ne peux pas attendre. Mon BlackBerry sonne. C'est David Sims qui me félicite chaleureusement pour notre dernier shoot aux Seychelles. Je lui dis qu'il est formidaaable, un gééééééénie de la photo de mooode et qu'on se retrouve *friday* à Neeew York avec Anna chez *Vooogue.* Mon iPhone sonne, c'est mon mec du moment. Il est en tournage à L.A. et pense très fort à moi en feuilletant les pages du dernier *Elle US* au Square Garden Hotel. Mon fauteuil en croco s'incline, on me tend une serviette chaude parfumée à la violette à appliquer sur mon visage. Lorsque l'hôtesse vient me la retirer, un petit frisson me traverse…

J'entrouvre les yeux. 20 heures. Nous sommes à Barcelone.

À l'aéroport, un chauffeur m'attend. Il porte un costume en flanelle gris anthracite et brandit élégamment un écriteau : AMANDINE ABBA MODELS. Il me conduit dans le centre de Barcelone dans sa splendide Mercedes noire avec fauteuils en cuir beige, écrans télévisés, sièges chauffants et tout ce qui pourrait impressionner une jeune fille lambda comme moi. Il fait nuit, les lumières de la capitale catalane scintillent. La Batmobile s'engouffre avec volupté dans les tunnels de la ville. Les palmiers, les vitrines, les avenues, les feux rouges, tout défile comme dans un 35 mm hollywoodien. Si la bande-annonce est aussi belle que le film, je serai l'héroïne d'une carrière lynchienne.

Le séjour est loin de l'être, filmographique. Est-ce que j'attire toutes les situations boiteuses ou ce milieu est-il indubitablement un repaire de crabes ? Mon physique de *Frenchie* blonde pose visiblement un problème au sang espagnol.

Ma misérable semaine se déroule donc chez Abba Models, l'agence la plus vénéneuse de tout Barcelone. En une semaine, ma bookeuse ne m'envoie qu'à un seul casting, où il faut être de langue native espagnole. En sept jours, j'ai le temps de visiter toutes les rues, même les plus mal famées, photographier tous les monuments, même celui aux morts, exploser mon compte, négocier un hamster nain sur les Ramblas, me faire menacer par mon banquier, oublier mon sac Plaça de Catalunya. En 168 longues heures, je n'ai travaillé qu'une seule fois pour une marque de jeaneur et n'ai jamais été payée. Le virement entre un compte espagnol frauduleux et un compte français souffreteux devait être impensable.

Abba Models m'a jetée dans une de ses chambrines réservées aux filles de 18 ans, taille 34, et m'a laissée me gâter comme un otage dans son cachot. J'ai été prise au piège par des malfaiteurs barcelonais abusant de jolies ingénues, trimant au bénévolat forcé pour cause d'incompatibilité bancaire.

– *Hola. Speak english ?*

– *Hola. I am french. I speak english, a little.*

Je ne parle pas un mot d'espagnol.

– *Introduce you. Turn around. Show me your profils and your hands.*

– *My name is Amandine, I come from France, I'm 20, my agency is Abba Models.*

– *Turn around.*

Je « teurn euronde ».

– *Show me your hands and your profiles.*

Je « show mes heinds et mes profaïles ».

– *You don't speak spanish* ?

– Euh… *No. I'm sorry. Just french and english.*

– *Could you pronunce one sentence in spanish* ?

– *Yes. Of course.*

Je n'étais bien sûr pas préparée à cela. Ma bookeuse n'avait pas eu l'illumination mentale pour m'en parler.

– *So. You are a beautiful girl in the street. You walk alone, every men look at you. You realize that everybody in the street is speaking about you. You smile. A pink wind follows you. It is your perfume.*

Actually, everybody recognize your sublime perfume : Emocion perfume ! And you say at the video : « Soy una chica perfecta : utilizo Emocion perfume ! »

OK ? Go ! me balance-t-il avec un espanglish qui roule les « r » à chaque mot. Je n'ai jamais entendu un synopsis de pub aussi désopilant. La mièvrerie est toujours aussi commerciale.

Le numéro 43 épinglé sur mon tee-shirt, je dois incarner cette fille que tous les hommes dévorent dans la rue. Je dois me télétransporter dans le meilleur des mondes, là où ma beauté subjugue, où mon sex-appeal provoque un déluge, où mon déhanchement fissure tous les buildings.

J'ai deux minutes. Trente-deux filles attendent dans l'entrée. Le casting ne fait que commencer.

J'utilise judicieusement les deux mètres qui me servent de trottoir, les deux feuilles griffonnées derrière moi, censées représenter deux visages d'hommes à qui je dois sourire et brandis mon parfum virtuel face caméra, pressant sur son vaporisateur invisible et humectant amoureusement le délicieux fumet qu'il dégage dans nos pensées.

– *Sono una gicca perfetta : utilizo Emocion parfume* !

– *You have an italian accent !* me balance-t-il. *Soy una chica perfecta : utilizo Emocion perfume ! AGAIN.*

Je n'aurais jamais dû faire italien deuxième langue. Je me concentre. J'ai le sourire figé de Barbie.

– *Soy una chica perfecta : utilizo Emocion perfume !*

Il est bluffé. Mon accent espagnol est mieux que le sien.

– *OK, Amédine. It doesn't work. We need real spanish girls.*

– *Thank you... Bye.*

Je n'aurais jamais dû le remercier. Pour quelle raison ? M'avoir fait passer ce casting et réaliser à la fin de mon improvisation qu'il leur fallait une vraie Espagnole ?

Ni merci, ni au revoir, ni de *« I'm sorrrry you come herrre forr nothing, prretty girrl ».* Cinquante minutes debout dans un bunker d'une ruelle introuvable sur un plan normal, entre deux mannequins qui empestent le déodorant pour passer une minute douze avec deux génies de la pub qui ne me considèrent pas une seule seconde !

La loi des castings est rude. Je vais hurler si fort que les micros de la caméra exploseront à leurs tronches, les éclats se planteront douloureusement dans leurs joues bouffies. Ils auront si peur de moi qu'ils me baiseront la main, à genoux, et me supplieront d'être l'héroïne de leurs spots TV pour le triple du prix.

Le visage de ma copine française de chez Abba Models s'imprègne de stupéfaction lorsqu'elle voit ma mine déconfite.

– Qu'est-ce qui s'est passé ?

– Ils veulent de vraies Espagnoles !

– Ah bon ?

– Oui, ces connards nous font venir pour rien !

« Connards » résonne dans la pièce comme si je l'avais prononcé en espagnol. Toutes les filles semblent avoir intégré mon insulte et me lorgnent, soucieuses de la suite des événements.

– C'est à moi, j'y vais.

Je l'attends dehors, pensant candidement que l'air frais me fera oublier tout ce temps perdu. Des envies de meurtre grimpent en moi. Certains jours, les castings se digèrent mal. Mon nez suinte comme un groin de monstre. J'ai encore les stigmates épidermiques de ma colère. Les rides de mon front sont creusées jusqu'à l'os. Mon sang mijote à feu vif. Cinquante secondes plus tard, elle ressort, les joues rouges phosphorescentes.

– Les salauds !

Tel a été le profil de ma semaine de mannequin internationale : ni mode, ni chic, ni glamour.

10

Je détale à toute vitesse sur un pont suspendu. Les lames de bois vieilli s'affaissent à chaque impact de mes pas. Le pont se balance violemment. Je suis au-dessus de l'eau. De l'eau noire, trouble, profonde, angoissante. Je ne vois pas le fond, j'aperçois des algues, quelques poissons terrifiants, je trébuche. Le pont commence à s'écrouler. Je cours de plus belle. Je m'entrave à nouveau. Je chute dans le vide. Je me rattrape, comme dans un vieux *James Bond,* à une planche ébréchée. Je pends, telle une liane nerveuse au-dessus de cette eau marécageuse qui s'apprête à m'engloutir. Imane, mon bookeur de chez Modelsplus, est figé sur le pont. Il me regarde avec ses grands yeux noirs perçants.

– Au secours ! Aide-moi, Imane !

– Tu es en option pour le shooting Chantal Thomass, mais tu es trop petite, répond-il.

– Hein ???

– Tu n'as pas de belles photos. Ton book est navrant. Fanny a plus de chances que toi.

– Mais aide-moi, je vais tomber ! Au secours !

– Entre 10 heures et midi à l'agence. Apporte un string chair. Sois à l'heure.

Mais il délire, celui-là ! Je vais mourir, décéder, monter au ciel, rejoindre Jésus et lui me parle de casting lingerie ! Aaaaah !

– Tu ne fais que 1 m 70, tes jambes sont trop courtes pour remonter sur le pont !

– ???

– Fanny fait 1 m 75, elle. Elle est en shooting pour Craquounette, les petits-déjeuners de vitalité.

– Mais c'est nul, ça, Craquounette ! Attends ! Moi, j'ai déjà été en option pour Lacoste !

– Lacoste, c'est moins bien que Craquounette. Tu ne connais décidément rien à la mode, ma petite.

Il disparaît dans un vaisseau spatial avec inscrit dessus AGENCE MODELSPLUS : UNE TARTINE DE MERDE PAR JOUR. Je ne tiens plus qu'à un infime bout de la planche en bois. Heureusement, Acha vient me faire la courte échelle sur son tapis volant. Ouf ! Elle arbore une robe à fleurs façon fermière hollandaise ; deux tresses blondes caressent ses épaules noir ébène ; ses prunelles sont d'un bleu intense. Comme si Sasha Pivovarova et Alek Wek s'étaient superposées.

– Il y a un mec que je kiffe trop à l'agence ! Il s'appelle Blaise !

Il est trop sexy ! Il fait 1 m 88 m, vu que je fais 1 m 76 m, ça fait que 12 centimètres de différence. On va pouvoir sortir ensemble ! Trop du cool ! hurle-t-elle dans mes oreilles qui se mettent à siffler et faire de la chantilly.

Sortez-moi de cette embuscade.

– Ahahhahaha !

Elle est ivre de rire. Elle s'étale du vernis rouge fluo sur les orteils en pleine lévitation et gribouille comme une fillette. Je suis remontée sur le pont et ai embarqué dans un grand huit de fête foraine miteuse. Tout le gratin de la mode est derrière moi, assis dans les wagons. Le *rollercoaster* glisse à toute allure, en marche arrière. Karl Lagerfeld a la cravate au vent. Il lutte pour remuer son éventail qui se désintègre à chaque virage, les débris virevoltant derrière nous comme des confettis. À ses côtés, Sonia Rykiel recoiffe sa frange rousse en pouffant. De hautes plumes vertes sont plantées dans son chignon. Sa chevelure ressemble à un perroquet exotique en plein envol. Hedi Slimane a posé sa main gracile sur la cuisse d'Albert Elbaz. Il se cramponne à son pantalon en latex, enfonçant ses faux ongles strassés dans la chair plastifiée. Des yeux obliques me fixent. Les paupières sont noires de fard, la cornée brillante de stupéfiants. Je ne distingue pas qui c'est. De la poudre blanche s'échappe des énormes réacteurs de nos wagonnets. Nous dépassons les étoiles et franchissons la célèbre Voie cokée. Wouuuuuh ! Trois cent soixante ! Mon estomac rebondit sur ma glotte.

– Ouuuuuuuuuuuuh ! j'ai failli perdre ma culotte ! hurle John Galliano, habillé en Russe de Vladivostok.

– Ahhahahahahah ! Une culotte Emocion perfume !!! Ça va partir au lavage !!! s'esclaffe Carmen Kass en soutien-gorge rose transparent.

Les wagonnets fous s'emballent. J'ai une grosse moustache qui pousse.

– Tes jambes sont tellement courtes que tu vas te casser la gueule ! vocifère Imane, assis tout à coup à côté de moi, une baguette magique à la main.

– Non ! J'ai mis ma ceinture de sécurité et puis arrête de me soûler ! On dirait la fée Carabosse en travelo !

J'ai la haine, je lui enfonce mes deux canines dans l'avant-bras. Le sang gicle en fontaine tarantinesque ; il n'est pas rouge, mais argenté. Carmen Kass se penche vers nous pour s'en arroser. Elle prend une douche lamée en se caressant comme sur une prise de vue de Terry Richardson. John Galliano s'envole sur un cerisier aux couleurs de la *gay pride*. Il danse la Tecktonik en mode *rewind*. Karl sort une boule à facettes de son panama en dansant sous perfusion. Sonia Rykiel est en string chair, le numéro 43 épinglé à son sein. Du 85C.

– Drrrrrriiiiiiiiiiiiiiiiiiiiinnnnnnnng !

– Vous avez entendu ce bruit ?

– C'est mon *cellphone* ! *Oh bitch !* Il est tombé dans mon slip ! s'esclaffe Lagerfeld.

– Drrrrrrrriiiiiiiiiiiiiiiiiiinnnnnnggg !

Un sursaut me secoue. Où suis-je ? Un effet secondaire de mon Lexomil ? Le téléphone sonne. La moitié de mon cerveau encore dans le grand huit hype techno, l'autre dans ma chambre ensoleillée par les premiers rayons, je décroche.

– Alllôôôôôô.

J'ai une voix d'extraterrestre après une soirée au Queen.

– Bonjour-Amandine-c'est-Caro-de-Modelsplus-je-t'appelle-car-tu-as-été-prise-en-direct-bookingpour-une-campagne-PLV-pour-les-supermarchés-Chonchon-le-shooting-est-lundi-à-neuf-heures-au-studio-56-tu-as-300-euros-nets-plus-400-de-droits-c'est-OK-pour-toi ? débite-elle en apnée.

– OK… Va pour Chonchon…

– Tu auras le contrat sur place. Tu fais des notes de frais pour les taxis. Je compte sur toi, bye bye !

Je me rendors.

– Driiiiiiiiiiiinnnnnng !

Dix minutes plus tard, le téléphone me réveille à nouveau. J'étais en train d'embrasser Hedi Slimane dans un safari à Osaka sur une musique de Chantal Goya. Je décroche, sortant avec peine de mon rêve over-délire. Ai-je pris de la drogue hier soir ?

– Allô ?

J'ai une voix de mutant sous ecsta.

– Oui-Amandine-c'est-encore-Caro-de-Modelsplus-les-droits-ont-doublé-car-il-y-a-plus-d'affichage-tu-prends-donc-1500-euros-net-pour-deux-heures-de-shoot.

– OK !

Ma repartie est plus concluante que la dernière fois.

– Je te laisse, bye bye !

Je referme les yeux. Une sensation de douce chaleur m'interpelle. J'ouvre les paupières fébrilement : Acha est endormie à côté de moi, en robe de fermière hollandaise.

11

– Petits, petits, petits ! Allez ! Venez les pioupious !

Mon caban en fourrure Stella McCartney glisse sur mon épaule nue.

– Accroupis-toi maintenant. Tu es magnifique ! Appelle-les encore, elles s'en vont !

Mes boucles blondes volent, un léger frisson me caresse les jambes. Des plumes blanches me chatouillent les chevilles.

– Tu es superbe, Amandine ! Très glamour ! Plisse un peu les yeux et avance-toi vers elles… Il faut lui remettre du gloss !

La maquilleuse en bottes crottées vient me repulper les lèvres. Ses pinceaux sont accrochés à la ceinture de son treillis noir, du plus grand au plus petit, alignés comme dans une trousse de militaire. Elle m'entoure les jambes d'une couverture en laine.

– Allez, on se dépêche, les poules s'en vont ! Jérémy, appelle la fermière !

Tout le monde s'affaire autour du poulailler, braqué par trois régisseurs au talkie-walkie et une boîte à lumière géante. Les bêtes ne sont pas fières de se faire photographier. Elles piétinent aux quatre coins de la ferme. Surexcitées. J'essaie en vain de les regrouper, mais mes talons se plantent généreusement dans la boue à chacun de mes pas. Je meurs de froid. Un simple soutien-gorge en satin m'habille et ma jupe en soie se déploie comme une fleur au vent. Nous sommes en plein mois de novembre.

– Bon, on laisse tomber les poules ! On attrape le coq.

Le photographe cligne frénétiquement des yeux pour enlever une poussière entrée dans sa paupière. Il est nerveux. Les animaux ne se séduisent pas comme ses mannequins. Il doit trouver un autre langage.

– Amandine, tu aimes les coqs ?

Sans attendre ma réponse, il demande au fermier de capturer la bestiole en question. Je suis dubitative. Est-ce qu'un coq peut s'amadouer ? Surtout, allait-il apprécier le contact le plus charnel de sa vie avec une inconnue ? J'aperçois le fermier lui scotcher les pattes. Il a le crâne rugueux des skinheads.

– Tenez, mademoiselle. Faites attention à ne pas le fixer dans les yeux : il prend cela comme un affront.

L'agriculteur me tend le coq tel un vieux sac. Je ne sais comment le réceptionner. Je le saisis doucement, comme on attraperait un chaton, mais ses ailes soudainement emprisonnées se mettent à battre pour tenter de se dégager. Il a le regard noir, la pupille dilatée.

– Allez, tu es sexy, rapproche-le de ton visage.

Le photographe change d'objectif. Le coq gigote dans tous les sens. Sa cornée ivoire me dévisage salement. Les pattes ligotées dans son ruban adhésif, il me toise du coin de l'œil. Je choisis de jouer l'indifférence.

– Fais la moue boudeuse, le regard très séducteur, tu vois ?...

La volaille a un regard humain. Un regard de psychopathe. J'ai peur de devenir borgne. Son bec proéminent pointe comme une lame de couteau. J'ai l'impression qu'elle pense. Qu'elle réfléchit à une stratégie meurtrière. Ses deux grosses pattes crochues s'agitent dans le scotch qui se tortille, s'étend.

Je crie :

– J'ai peur de lui faire mal !

Quel beau prétexte !

– On va faire vite ! Concentre-toi deux minutes ! Sois sexy !

Malheur, je l'ai regardé dans les yeux. Ses pupilles font des allers et retours horizontaux. Je lui souris. Je minaude. J'entre en séduction avec un coq. Le couple de fermiers, la maquilleuse et les autres mannequins pouffent dans leur coin. J'aimerais les voir à ma place. Ils attendent tous que la bête me cisaille avec son bec. Inexorablement crispée, je prends sur moi. J'imagine que je tiens un ravissant chiot labrador endormi.

– OK ! On passe à la suite !

Pendant que je retourne au make-up, d'autres mannequins travaillent. Nous sommes six. Quatre filles et deux garçons jouant au remake d'*Avenue Montaigne* dans une basse-cour. L'une posera en nuisette Galliano avec un âne, l'autre en caleçon Chanel avec un lapin, et deux autres à moitié nus dans l'écurie. La luxure a envahi le monde de l'agriculture.

C'est au tour de la photo de groupe. La plus difficile à réaliser. Tous les mannequins doivent être beaux en même temps. Le synopsis : à la queue leu leu, nous sautillons gaiement dans le jardin. Une brune en talons aiguilles mène la file, assise dans une brouette, une brindille coincée entre ses lèvres. Elle est poussée par un bel apollon au torse luisant, lui-même suivi par une métisse en culotte et bottes de caoutchouc. Derrière, une grande rousse brandissant une fourche et moi en body noir, tenant une chèvre en laisse. Le tableau est sulfureux. On vend du porno chic dans les prés. Du Helmut Newton à la ferme. Il paraît que ça fait vendre. Ma chèvre s'excite. Elle détale dans tous les sens. Visiblement pas habituée aux prises de vue, elle me traîne sur 20 mètres, totalement effarouchée ! Je cours en Louboutin sur de la bouse de vache. Je croise le fermier dans ma course effrénée, la fermière, leurs enfants, et de nouveau le fermier, la fermière, leurs enfants. Je fais le tour du propriétaire, les fesses à l'air, honteuse de mon accoutrement dans un tel contexte.

– Aaaaaaah !

Je pousse un cri de détresse.

– Tiens-la plus fermement, Amandine ! s'énerve le photographe.

– Ooooooooh !

La chèvre s'emballe de plus belle. Je manque de brouter l'herbe à mon tour.

Le fermier la braque. Les jambes courbées, les bras en croix, il l'intimide, puis la saisit par les naseaux. La chèvre ne bronche plus. Ses paupières se baissent, ses oreilles s'inclinent, penaude qu'elle est d'être dominée à nouveau. Il a le rire jaune. Ses bêtes sont ridiculisées depuis le début de la journée. La fermière se décompose.

– On va faire autre chose. C'est nul, ça, balance le maître de cérémonie. Dans la grange à paille ! Je veux un garçon torse nu et une fille en lingerie. La fille va se faire prendre en flagrant délit avec son mec. Qui est prêt pour un cinq à sept dans la paille ? glousse-t-il en nous regardant. Tiens, Sonia, fais-moi la fille surprise pour voir.

Sonia, 90-62-91, tente un « Ooooh ! » de stupéfaction.

– Amandine, essaie, toi aussi, me demande-t-il à mon tour.

– Oooooooooh !

– OK, c'est toi qui le fais, décide-t-il.

Sonia prend la même mimique que la fermière. Bien fait, je ne la supporte plus avec ses tétons en silicone et son BlackBerry scotché à ses faux ongles.

Je prends l'échelle pour monter dans la grange. Le moins beau mannequin des deux pose avec moi. Pas de chance. Nous nous accroupissons dans la paille. En bas, tous fixent le moindre de nos mouvements, à part Sonia qui est partie dans la loge, incapable d'assister à une scène dont elle ne serait pas l'héroïne. Le mannequin s'assied torse nu, un peu avachi, contrefaçon ratée de James Dean. Je suis en soutien-gorge et jean déboutonné, penchée sur lui. Résolument pas professionnel, il commence à me draguer.

– Enlève tes mains de ma taille, il n'y a pas besoin.

– Sympa cette photo…, me dit-il avec son sourire sadique.

Son côté vicelard me débecte. J'essaie de plaisanter pour détendre la situation indélicate. Il prend cela comme une avance. Il m'attrape par la taille. Roucoule. Je recule, change de pose.

– Allez ! s'impatiente le photographe. Vous êtes prêts ?

– Oui, oui ! On fait quoi exactement ? je demande.

– Amandine, tu t'accroches au bout de bois, et Fred, tu lui attrapes la taille très amoureusement. Tu peux aussi l'embrasser. Essaie les deux.

Merde. Il pose à nouveau ses mains vicieuses autour de ma taille. Elles ne sont pas fines, légères et graciles, mais lourdes et veineuses. Elles empoignent mes hanches avec fermeté et envie. Je fais abstraction de tout. J'imagine un autre homme, sexy et séduisant. Le mannequin du casting d'hier. Je sens les lèvres de l'autre frôler les miennes. J'essaie d'être dans un monde parallèle. Je ferme les yeux et travaille. Je suis comme une actrice. Il en profite pour mettre la langue. J'ai un mouvement de recul. Il s'avance à nouveau, son souffle caresse ma nuque. Je pense à autre chose. Je sens sa salive dans le creux de mon cou. Pourvu que cette photo s'arrête vite. Le photographe est en extase. J'ai envie de disparaître.

– Attrape-lui le cou, caresse-lui les cheveux, soyez un peu plus hot !

Le mannequin s'empresse de suivre les commandements. Il n'oublie rien. Se rapproche de moi et simule une scène torride. Dans le feu de l'action, je lui enfonce mes ongles dans le dos. Il sursaute, comprend et se venge en m'empoignant les fesses.

– *Great !!!* hurle le photographe.

Je lui mords la lèvre. Il ne dit rien et continue de poser. Je fixe son regard, espérant capter en lui la douleur de mon acte sanguinaire. Il me sourit ; une perle rouge coule sur sa bouche.

La prise de vue terminée, toute l'équipe se retrouve dans le hangar autour d'une soupe à la citrouille mijotée par le couple de fermiers. Malgré les cabrioles insensées de leurs animaux et nos tenues trop légères, ils nous servent leur breuvage de bienvenue, déboussolés qu'ils sont par leur journée hors normes. Autour de la table, l'ambiance est étonnamment festive. Les nerfs se dénouent. La maquilleuse et la styliste se sont liées d'amitié, le photographe et le coiffeur se taquinent, les deux mannequins masculins comparent leurs photos… À qui aura les plus belles parutions. Il n'y a que nous, les filles en plastique, surmaquillées et surcoiffées, qui restons muettes. Sonia, avec ses seins ballonnés, est engluée à son portable, Katarina, la grande rousse, déteste la soupe et se fait griller par Milla, la métisse de 19 ans.

– Tu n'aimes pas la soupe à la citrouille ? Pourtant, elle a la même couleur que tes cheveux ! crie-t-elle pour détourner les regards.

Le couple de fermiers est déconfit.

– Non, non, elle est très bonne… C'est juste que je n'ai pas très faim…, essaie de rattraper la rouquine, qui n'a mangé qu'une pomme depuis le petit matin.

– Toutes ces odeurs de purin t'ont coupé l'appétit, ma biche ? la provoque Sonia, qui connaît précisément les troubles alimentaires de l'autre.

– Non, c'est parce qu'elle les a portées à bout de bras dans la serre tout à l'heure. Ça l'a dégoûtée à vie ! continue Milla, encore en nuisette devant sa gamelle.

En effet, Katarina avait posé avec des citrouilles dans la serre cet après-midi et avait eu beaucoup de mal à garder l'équilibre sur ses bottes de 15 centimètres, ce qui avait enflammé les nerfs du photographe. Les deux garçons éclatent de rire et s'incrustent dans la querelle féminine.

– Tu n'aimes pas la soupe, Katarina ? Ben, dis donc ! Faut faire honneur un peu !

Quel manque de tact ! Quelle prétention ! Quelle bêtise ! Le même qui m'empoignait les hanches, la langue tendue, dans la grange à paille.

Je crie :

– Oui, c'est vrai que l'honneur est une notion que tu maîtrises parfaitement !

Son sourire mute en sorte d'étirement de lèvres coincées.

– Ouh ! Ça sent le règlement de comptes ! se mêle son pote de prise de vue.

– Quoi ? Je garde toujours l'honneur ! C'est ma fierté masculine !

Le sadique aux mains bouffies est déstabilisé. Milla lui tape sur l'épaule en rigolant :

– Tu lui as touché les fesses ou quoi ? Ha, ha, ha !

Sonia prend son pied. Elle semble adorer me voir énervée par le shooting qu'elle a raté dans la grange à paille. Katarina a les yeux exorbités. La styliste et la coiffeuse nous écoutent depuis peu. Le coiffeur et le photographe ont aussi été interpellés par la vivacité de nos propos, et les fermiers se liquéfient.

– Quand on en profite pour tripoter une fille pendant un shoot, on ne donne pas de leçon d'honneur aux autres !

Ma réflexion traverse le hangar comme une faucheuse de blés. Stridente et cinglante. Le silence est divin.

– Qui r'veut d'la soupe à la citrouille ?

Le fermier a le regard baissé. Il enfonce la louche dans la soupière et s'apprête à servir quelqu'un. N'importe qui d'ailleurs. Même le chien. Pourvu qu'il détende l'atmosphère. Sonia tend son assiette, son sourire empreint de séduction hypocrite.

– Merci, monsieur. C'est un grand honneur d'être accueillie ici aujourd'hui !

Il sourit par politesse. Mais ses yeux le trahissent. Ils la regardent avec une distance presque outrancière. Cette distance entre lui, sa simplicité, sa vie et nous, les gens de la mode.

12

Il y a eu la petite annonce. Celle que j'avais lue hier dans le magazine de casting. Elle me trottait dans la tête depuis ce matin au petit-déjeuner. La petite annonce en bas de la page *Shooting*. Celle que j'ai failli ne pas lire.

Cherche jeunes filles pour photos détails de pied. Très bien rémunéré.

L'annonce en elle-même ne m'avait pas inspirée, mais les trois derniers mots m'avaient poussée à téléphoner au numéro indiqué. Et le photographe qui m'avait répondu avait su me persuader ou, avec un peu de recul, m'embrouiller.

– Ce sont des photos artistiques… C'est un projet que je réalise depuis longtemps, tu vois… Je photographie des jambes de filles qui piétinent l'herbe… Ou des jambes qui dansent… Des jambes de filles sur un homme allongé… Genre *girl power*, tu sais ! La séance est rémunérée 600 euros…

Avec la petite culture photographique que je m'étais construite au fil du temps, les *Vogue* que je collectionnais, les campagnes de mode que je collais artistiquement à mes murs d'appartement, les shoots de Mario Testino, Peter Lindberg, Ellen von Unverth qui me fascinaient, j'imaginais toujours les prises de vue plus belles que nature. Et le discours du photographe me parut très réaliste, voire très créatif. Je voyais déjà les images de longues jambes féminines et jolis pieds manucurés en talon Miu Miu marcher sur un corps d'adonis huilé au soleil, allongé au bord d'une piscine sublime. J'étais bien innocente.

J'en parle à mes parents, venus me rendre visite ce jour-là. Il est 18 h, j'ai encore le temps d'y faire un saut. Mon père regarde l'adresse. Un peu loin. Ils décident de m'y conduire exceptionnellement, car ils sont peu rassurés par le lieu. Nous sommes en plein mois de janvier. Il fait déjà nuit. Tous les trois dans l'AX blanche, nous cherchons notre chemin.

La carte routière à la main, je peine à nous repérer, la rue n'étant pas indiquée. Mon père au volant, nous faisons quatre fois demi-tour. Les voitures nous klaxonnent. Nous nous arrêtons finalement en double file pour demander notre route, qui n'est indiquée nulle part.

Une commerçante nous confirme que c'est une toute petite rue, située près du chemin de fer. Dans un coin plutôt sordide. Je commence à m'inquiéter. Plus les néons des boutiques et les piétons disparaissent, plus la route se fait glauque et inquiétante et plus mes parents se décomposent. Nous trouvons enfin l'adresse mystérieuse. Ma mère sort de la voiture pour m'accompagner ; je n'ai pas le choix. Cela me rassure un peu. Mon père allume les warnings, se gare le long de l'immeuble et nous précise que, si dans 10 minutes nous ne sommes pas redescendues, il monte.

Je me crois dans un vieux *Columbo*. L'immeuble est complètement délabré. Les fenêtres sont grises de saleté, les volets s'effritent, le hall d'entrée sent le vieux défroqué. Que fait-on là ? Où est le meurtrier ? Avec la clé anglaise dans la cage d'escalier !

Sur l'interphone, j'appuie sur « Ravanovski ». Ce nom, qui jusque-là ne m'avait pas interpellée, me paraît soudainement effrayant. Ravanovski, l'affreux tueur en série de la région Rhône-Alpes. J'imaginais le titre du *Parisien. L'horrible Ravanovski qui avait torturé deux mineurs et étranglé sa mère le 12 juillet 98 a finalement échappé aux forces de l'ordre la nuit dernière et est encore en cavale...*

Je commence à me faire de sérieux films.

Nous montons l'escalier, trop étroit pour des gestes inutiles. Les marches n'en finissent pas. Ça craque sous mes pieds. J'entends une porte s'ouvrir, les planches d'un parquet grincer. Une tête hirsute se penche vers nous : un gros barbu aux cheveux longs et marcel délavé laissant apparaître d'immondes tatouages ringards. Le voilà, le Ravanovski ! Il n'aperçoit que moi, ma mère étant derrière, quelques marches plus bas. Le sourire éclatant, il balance un :

– Bonjour ! T'as trouvé facilement ?

– Bonjour. Oui, ça a été, merci.

– Bonjour, monsieur !

Ma mère arrive dans son champ de vision.

Ravanovski jovial devient alors Ravanovski amer. Ma mère n'était sûrement pas prévue à son programme. Mes talons vont transpercer le parquet pourri. Je suis une biche égarée sur une autoroute désaffectée. Une princesse dans un parking à tournantes. Nous entrons dans l'appartement.

La lumière est très basse. L'agencement de l'appartement le rend peu praticable. Il nous amène face à un mur de photos.

– Voilà le genre de travail que je vous propose.

Ma mère lève les yeux pour s'imprégner de son univers artistique. Ou plutôt de son travers artistique. J'ai le temps de repérer tous les matelas au sol. Je ne veux pas savoir à quoi ils sont destinés. L'atmosphère est lugubre.

Malsaine. Le regard de ma mère balaye les images avec angoisse. Les photos sont d'un amateurisme désopilant. Un véritable néophyte en la matière. Point de Louboutin et d'adonis ! Point de piscine onirique et de couleurs acidulées ! J'ai peur qu'elle fasse un malaise. J'ai honte de l'avoir débarquée ici.

Chaque photo accrochée représente une scène de meurtre ou de suicide. L'une nous montre un homme se faisant piétiner jusqu'au sang par des talons aiguilles. L'autre représente un homme en train de se noyer, appuyé sur la tête par un pied féminin.

Des cadavres dans une baignoire, des dépouilles sur une route goudronnée, tous des hommes, et que des pieds de femmes. La psychose était bien là. Devant nous. Pétrifiante, mortifère, glaciale de tortures névrotiques.

Malgré cette abominable énergie ambiante, à la limite de la putréfaction, ma mère garde son calme.

– Excusez-nous, mais ma fille ne travaillera pas avec vous.

Ravanovski ne se laisse pas décontenancer.

– De toute façon, je ne travaille jamais avec les modèles qui viennent accompagnées de leur mère.

L'ambiguïté de ses propos retentit comme un coup de sang. Je repars avec la chair de poule.

13

Lorsque l'on commence une carrière de mannequin comme la mienne, il faut remplir les pages de son book. Faire des tests photo, des éditos, poser gracieusement dans les magazines... À mon niveau de « petite » mannequin (au sens propre comme au sens figuré), les tests photo ne sont pas payés par les agences. Il faut débourser une petite somme.

À mon arrivée à Modelsplus, Imane m'avait conseillé de faire une séance avec la photographe attitrée, Stéphanie Figuet. Avant même de signer mon premier contrat, j'investissais donc dans mon avenir. Je misais sur une dizaine de tirages qui allaient m'apporter des résultats surprenants.

Trois mois après ce test, aucun contrat n'était encore tombé. Ma désillusion était déjà grande. Moi qui imaginais que ces premières photos bousculeraient le monde entier de la mode.

On m'accusa alors de ne pas avoir de parutions dans mon book. Ce terrible syndrome du débutant qui doit avoir signé des contrats avant même d'être embauché.

C'est Fashion Top qui me proposa un shooting non rémunéré dans un magazine. Sous prétexte officiel, bien sûr, de me faire des parutions. Officieusement, j'étais une des petites que l'on ne savait pas où caser, la roue de secours, le bouche-trou, l'ersatz que l'on utilisait pour les prises de vue sans budget de magazines pas très connus.

– Oui, Amandine, on a pensé à toi, car tu n'as pas de photos en robe haute couture dans ton book, ni de parutions. C'est une série à l'Opéra. Tu seras une princesse, une muse, avec de grandes tenues de créateurs… Et tu es l'une des seules de l'agence à faire du 85C, ce qui est idéal…

On me présentait le shooting comme une prochaine série avec Mark Segal et l'on m'enduisait perfidement de pommade pour me faire oublier le salaire inexistant.

– Tu poseras avec un garçon. Emmanuel.

On pressait l'argument du beau garçon à mes côtés.

– Ils ont déjà shooté cette série avec une autre fille, mais les images n'ont pas du tout plu à la rédaction. Ils veulent à tout prix recommencer avec toi et adoreraient que tu fasses la couv' !

On me présente comme le Messie venu sauver une prise de vue en péril. On me soudoie en évoquant le mot « couv' », sachant pertinemment qu'aucune mannequin débutante ne refuserait une telle opportunité. Totalement corrompue, j'accepte.

Jour J. Le shooting se fait de nuit, à l'Opéra. Il est 18 heures. J'attends sur le parvis du bâtiment. Arrivent la maquilleuse et sa valise remplie de produits magiques, la styliste et son 4 x 4 bondé de talons luxueux et la photographe. Au loin, mon prince charmant. 1 m 86 à vue d'œil, châtain clair aux yeux bleus. Je dirais 100 centimètres de tour de poitrine, pointure 43, fesses légèrement rebondies, dents bien blanches et nez aquilin.

Il dégage un petit quelque chose d'innocent, de romantique, de pur. Un prince de conte de fées. Oui, le casting était bien réussi. Nous commençons à nous installer dans les hauteurs de l'Opéra, dans une arrière-salle que l'on nous avait réservée, remplie de fauteuils Louis XVI, de verres à pied, de bancs rococo et d'un triptyque d'un peintre déchu. L'espace fait défaut, nous devons nous frayer un chemin parmi le bric-à-brac et nous improviser une loge.

L'ambiance fait l'effet d'un plat réchauffé. L'effervescence de la première fois, la magie de la découverte des lieux… Rien de tout cela n'est palpable. La rédaction du magazine a visiblement mis la pression ; une deuxième série ratée serait inenvisageable. J'apprends en tendant l'oreille que la mannequin précédente avait les traits trop stricts et pas assez de poitrine pour remplir les robes bustier. Avais-je le visage plus doux et la poitrine plus opulente ? Je commence moi aussi à me mettre la pression.

C'est à partir de ce moment-là que les mauvaises ondes se propagent… Le coiffeur ne viendra pas. Il a été foudroyé par une trachéolaryngite. La maquilleuse va donc improviser avec mes cheveux.

Je viens d'enfiler une robe beaucoup trop grande et des chaussures beaucoup trop petites, je passe au make-up et à la coiffure. D'habitude, c'est l'inverse. On se maquille, puis on se coiffe avant de s'habiller pour ne pas salir et froisser les vêtements. La logique ne semble pas être l'apanage de ce shooting.

– Oh ! tes sourcils sont vraiment mal épilés ! Ils ne sont pas symétriques !

Quelle adorable réflexion !

– Ah ! peut-être. Mais mon implantation n'est pas symétrique à la base…

Je tente de me justifier, sans véritable conviction.

– Ah ! t'as un gros bouton, là, en plus ! Et je n'ai plus de Diateint.

Elle aurait dû le clamer plus fort, comme si elle venait de découvrir une protubérance cancéreuse sur un rat d'égout, ou quelque chose d'aussi putride. Tout le staff aurait accouru pour voir cette immondice qui me pousse sur le front comme une aliénation de moi-même. Et elle aurait joui de sa trouvaille. Emmanuel n'arrête pas d'éternuer avec vacarme. Il fait trembler sa chaise, secoue la tête dans tous les sens et amoncelle les mouchoirs morveux. Il a des examens demain ; il révise en gémissant.

– Bon, on va passer à la coiffure.

La maquilleuse essaie de se rassurer en prenant un ton affirmé. Un quart d'heure plus tard, le résultat est comme prévu : désastreux. Elle m'a plaqué tous les cheveux en arrière pour les regrouper en chignon, mais comme je n'ai pas de masse capillaire, j'ai une sorte d'excroissance dans la nuque qui vient de pousser. Si cette jeune femme avait une infinitésimale touche de goût, elle réaliserait son erreur monumentale. Son orgueil empêche sa prise de conscience. Sa vanité de coiffeuse bas de gamme l'englue dans le mauvais choix et me colle une image de Pierrot triste.

La prise de vue va commencer. Je ne me suis jamais sentie aussi mal. Physiquement parlant. La boule à zéro, le make-up criard et la robe de princesse pendante, je suis plus proche du travesti que de la top model. Je me sens comme posée au milieu d'un endroit auquel je ne corresponds pas. En une heure, on m'a transformée en ignoble petite poupée des années 1980.

Je marche la tête baissée, confuse, tenant ma robe afin d'éviter qu'elle ne traîne par terre.

La première photo aura lieu dans la salle de restaurant. Synopsis : appuyée sur un des murs, je fais la belle. Emmanuel est au second plan avec son vilain chapeau haut de forme gris souris. La photographe fait quelques clichés. Puis quelques airs désapprobateurs. Puis quelques messes basses à la maquilleuse nouvellement coiffeuse. J'entends ce qu'elle lui dit :

– Ça ne lui va pas du tout, cette coiffure.

– Oui, mais, bon, elle a les cheveux courts : on ne peut rien faire d'autre !

Cette réflexion me pousse dans une colère monstre. Une colère intérieure. Le manque d'expérience et d'aplomb m'empêche de rétorquer. Moi qui faisais de nombreux défilés de coiffure, on ne pouvait que me plaquer horriblement les cheveux avec du gel infâme ? Quel culot de dilettante !

N'importe qui d'un peu expérimenté ou même de simplement sensé aurait réagi à cette réflexion. Mais la bêtise de la photographe accentue la mauvaise foi de l'usurpatrice.

À cet instant même, je deviens la blâmable. Moi la fille aux cheveux trop courts.

– Moi, je trouve que tu fais femme fatale comme ça, dit Emmanuel, qui avait assisté à la scène, en s'avançant vers moi.

– Moi, je déteste.

Je n'arrive même pas à le remercier de son compliment. Considérant le manque d'imagination de la fausse coiffeuse, nous sommes contraints à shooter sans changer ma tête de Mickey.

Nouvelle tenue.

Escaliers en béton, robe en perles marron, misérable chignon. Nous frôlons l'absurde. Le résultat risque d'être folklorique. Synopsis numéro 2 : je suis dans l'escalier, de dos, et je tourne la tête face à l'objectif. Mon prince, lui, est assis en arrière-plan. Du grand art.

Son Canon cherche le bon angle. Elle soupire, souffle grassement, transpire à grosses gouttes. Remonte ses manches, attrape une chiffonnette et époussette son objectif. Ses yeux sont ouatés ; ils roulent de droite à gauche, tentant de capter une idée venue du ciel. Mais rien n'y fait. Son dilettantisme gagne la partie.

– Ça ne va pas, là ! Tourne la tête ! Non... Descends d'une marche ou deux. Non de trois. Euh... Pffff... Vas-y, lève le bras comme si tu étais perdue. Non, c'est moche. Rapproche-toi de lui. Tends-lui le bras. Non. Donne-lui la main. Non. C'est naze ! La robe ne lui va pas ! Elle n'a pas assez de forme, on dirait un tube !

– Cette robe est trop grande pour moi.

Mon calme et mon sang-froid font élégamment écho à son ineptie. Nous changeons d'endroit. Nouvelle robe. Nous allons cette fois la tenter sur les toits, à côté des statues, à 20 mètres du sol. J'ai un vertige phobique. Il neige.

La styliste me prête gentiment un manteau chaud pour mes « petites épaules si frêles ». Dehors, le vent glacial souffle. Il fait nuit. La température ne dépasse pas trois degrés. J'ai un décolleté à faire pâlir les statues. J'aime le mannequinat.

– Allez ! On y va ! Ça gèle, il faut se grouiller ! annonce la photographe.

Elle porte de grosses chaussures fourrées et une chapka. J'ai des sandales à talons et une robe ouverte jusqu'au nombril. J'avance avec minutie. Je ne regarde pas vers le bas. Nous sommes au bord du vide. Après le remake de *La Cage aux folles,* nous tournons *Fort Boyard.*

Je suis sagement tétanisée. Je ne me plains pas, car je sais que cela ne changerait rien. La styliste m'approche un tabouret.

– Tiens, tu montes dessus.

– Quoiiiiiiiii ???

– Emmanuel doit faire semblant de te soulever en l'air et, comme il ne va pas te tenir pendant trois heures, on va tricher.

Bien sûr. Moi, je peux jouer l'équilibriste sur un tabouret bancal à 20 mètres du sol, mais Emmanuel, le grand Emmanuel, ne peut pas faire travailler ses biceps !

– Mais c'est dangereux ! Je suis proche du précipice !

– Ce n'est pas un précipice, n'exagère pas, et Emmanuel va te tenir.

Le vent glacé s'engouffre dans les plis de ma robe. Je vais m'envoler comme un oiseau. Sans les ailes. De muse à l'Opéra, je vais devenir la buse de l'Opéra.

Elle commence à shooter. Rien ne va. La frange dans le visage, la mèche qui colle au rouge à lèvres, le visage crispé par le froid, la chair de poule, les bras violets, la robe qui s'envole… Emmanuel, lui, est bien. Il n'a pas froid dans son costume en flanelle. Ses cheveux sont bien plaqués sous le gel. Il n'a pas de rouge à lèvres qui colle. Il n'a pas peur du vide. Il a un sourire éclatant. Je le hais.

– Je meurs de froid !

Je n'en peux plus. Il est minuit et demi. Je décide d'agiter le drapeau blanc. La styliste et la maquilleuse nous regardent de derrière la vitre, bien au chaud dans le restaurant de l'Opéra. Elles ne m'écoutent pas.

– Où est le manteau ?!

Elles s'en moquent. Mes muscles sont des crampes, mes pieds, des glaçons, j'ai perdu mon nez. Et cela les indiffère ! Elles boivent même une coupe de champagne avec les serveurs !

Emmanuel court me chercher le manteau. Je remercie les hommes sur terre d'exister.

2 h du matin. Dernière photo. Il faut reshooter la robe à perles. La photographe choisit de me photographier dans l'ascenseur. L'Opéra étant ouvert ce soir, il est en service. Nous devons nous adapter. Une meilleure idée n'aurait pas été superflue.

Ce ne sont pas les centaines de personnes venant interrompre le shooting pour utiliser l'ascenseur, ni même les lumières trop éclatantes du plafond qu'il faut tamiser à coups de rouleau de scotch, ni le chapeau haut de forme de l'autre qui ne passe pas la porte, ni cette porte justement qui se ferme automatiquement toutes les sept secondes, ni le recul que n'a pas la photographe pour nous avoir en entier, ni mon talon qui se coince dans un renfoncement, ni Emmanuel qui éternue à chaque clic, ni ma nouvelle coiffure en forme de soleil qui me donne une tête de paon apeuré, ni même cette niaise de styliste qui se moque pas mal de la robe qui perd ses perles. Non. Ce n'est pas cela qui m'excède le plus. C'est cet obtus de vigile qui nous surveille lourdement et qui, au moment même où tous ces désagréments se règlent, où la photographe s'apprête enfin à appuyer sur le déclencheur, nous balance :

– La direction me demande de vous faire quitter les lieux, car notre clientèle est beaucoup trop dérangée par votre remue-ménage.

14

Mes talons aiguilles frappent le bitume de la rue Saint-Honoré. Il fait chaud. Terriblement chaud dans la capitale.

Je cherche l'adresse inscrite au mercredi 24 juin de mon agenda. Je l'avais écrite au crayon à papier : *16, rue Drouot, troisième étage, demander Alice.*

Le casting s'arrête à 16 heures ; il est 16 h 11. Au loin, une jeune fille. Grande, maigre, cheveux longs impeccables, elle doit être mannequin. J'accélère dans sa direction. Je croise une autre mannequin. Je lui fais signe, comme les routiers entre eux. Elle baisse les yeux sans même sourciller. J'arrive à l'adresse indiquée.

La mine est là. Impressionnante. Des dizaines. Des books. Des composites. Des sacs à main. Des téléphones qui sonnent. Des agendas ouverts. Des crayons qui écrivent à toute allure. Des Anglaises qui papotent. Des Polonaises qui rigolent. Des cheveux brushés. Un nez refait. Des Françaises silencieuses. Des seins caoutchouteux. Des Converse usées. Des franges lissées. Des Tchèques mineures. Une lime à ongles. Un roux flamboyant. Un sandwich. Une pomme. Des brunes vaniteuses. Une boîte de Prozac. Des talons compensés. Des escarpins ultrachics. Des coupes ultramode. Des yeux bleus qui s'ennuient. Des peaux sans défauts. Un chemisier blanc transparent. Un string chair qui dépasse. Un vernis opaque. Des décolletés plongeants. Des jambes à rallonge. Des taches de rousseur. Un sourire qui grimace. Des grimaces qui sourient. Des groupes. Des filles seules. Des iPod allumés. Des visages éteints. De mauvaises copines. De gentilles ennemies. Des milliers de regards. Beaucoup de sourires hypocrites. Quelques gestes amicaux. Trois garçons. Deux chihuahuas. Et moi.

Je referme la porte une seconde. Le temps de reprendre mes esprits. Mon premier vrai casting parisien. Je suis subjuguée par le nombre de filles qui attendent assises par terre dans un couloir sombre et froid.

Aucune chaise pour s'asseoir, aucune pièce réservée, même pas un magazine à lire pour patienter. On se croirait en Europe de l'Est. Cet endroit glacial est rempli de jeunes étrangères dont l'insouciance et la jeunesse des traits contrastent avec le lieu.

Le tableau était identique à celui présenté dans les reportages télévisés. Des centaines de filles aux corps sublimes qui attendent pendant des heures dans des couloirs parfois trop sombres. Que fais-je ici ? Je ne ressemble en rien à ces jeunes filles. Ce mur de mannequins sorties du nid.

Cet étalage de beauté, de perfection, sali par ce contexte navrant. Pourquoi suis-je ici ? Qu'ai-je en commun avec toutes ces silhouettes filiformes ? Vouloir être dans les magazines, poser pour de grands photographes, gagner de l'argent facilement, être admirée, vue, reconnue, belle tout simplement. Des frissons me traversent.

– *Who's the last ? Who's the last ?!*

Une des filles s'énerve.

– *She is !* lui répond son sosie en me pointant de son index manucuré.

Je ne comprends pas immédiatement. Personne ne m'explique. Je suis perdue. Je ne sais pas comment agir, me tenir. Je peine à trouver ma place parmi mes nouvelles collègues. Il n'y a pas eu de présentations cordiales comme dans un bureau.

Pas de pot de bienvenue, pas de visite des lieux, de première approche à la machine à café. On m'a lâchée dans une nouvelle maison sans que j'en connaisse les codes et les habitantes. Je me retrouve au fond d'une salle, cachée derrière je ne sais quoi, comme un animal sauvage, mes congénères me fixant avec pitié.

Je passe l'épreuve de bizutage. Je simule un coup de téléphone. Absorbée dans mon sac à main, j'attrape nerveusement mon portable et sors de la pièce. Mes joues et mes oreilles me brûlent. Je suis rouge de honte. Je m'éloigne, m'isole le plus possible de cet endroit qui me dévore.

Tous ces visages de filles admirables, tous ces corps sublimes, cet amas de jeunesse modèle me provoquent des émotions antithétiques. Je suis impressionnée par ce spectacle que je ne connais pas, déstabilisée par cette ambiance impalpable, atrocement embarrassée d'infiltrer enfin concrètement le milieu des travailleuses de la beauté.

J'ai soudainement envie de courir. À toute vitesse. De m'enfuir, de voler, de disparaître. J'ai envie que la ville s'effondre sous mes pieds, que les trottoirs deviennent mous, que les immeubles fondent, que tout se décolore comme une aquarelle sous la pluie. Je veux que tout cela soit un mirage.

Que les jeunes filles ne soient pas si belles, pas si nombreuses, et que je ne sois pas qui je suis. Je veux fuir cette pièce qui me fait peur. Redessiner le scénario, réécrire l'histoire, les dialogues et le personnage principal. Gommer les mots, les choses et prendre mon stylo. Mon stylo à moi qui redonne les couleurs à cette séquence toute grise. Coupé ! Je ne veux pas de ce plan. Il est mauvais.

Il transpire tout le malaise de ce métier pour moi magique. Je ne veux pas voir toutes ces filles rêver de la même chose et rester en bas de l'échelle. Je ne veux pas de cette réalité. Je veux rester la fillette qui aime regarder la mode sur papier glacé. Je ne veux pas entrer dans les coulisses, voir ce qu'il y a derrière le rideau, apercevoir le clown triste.

Il ne peut pas y avoir toutes ces petites danseuses derrière la scène qu'on ne verra jamais. C'est trop. Je n'ai pas envie d'affronter cette vérité. Mon rêve d'enfant qui se voit piégé. Raturé, brouillé, froissé. Et que je dois partager avec toutes ces jeunes filles.

Je me voyais de plus en plus loin de mon but. Il s'éloignait de moi, m'échappait, me glissait des mains. Toutes ces jeunes femmes me volaient mon avenir, accidentaient mon chemin, me déviaient de ma route toute tracée.

Après quelques minutes, je retourne dans la salle bondée. Je m'inscris sur la liste que j'aperçois enfin. Je m'assieds par terre, résignée, à côté d'une Anglaise. Il est 16 h 27, j'attends. Je n'entendrai mon prénom qu'à 17 h 36 et je ne réussirai pas le casting.

15

J'habite maintenant à Paris, dans un studio exigu du XVIIIe arrondissement, avec un colocataire psychorigide. Il est expert-comptable, obsessionnellement catholique et célibataire malgré lui. Les castings, les magazines de mode, les talons aiguilles et les shootings, il en ignore même l'existence, ou alors satanique ! Hier soir, mon book avait changé de place. Je sentais depuis quelques jours qu'il mourait d'envie de le feuilleter pour assouvir son voyeurisme. Il a dû ressentir un électrochoc, ou quelque chose d'aussi brutal, lorsqu'il a ouvert le recueil de photos profanes. J'ai dû devenir sale à ses yeux, malhonnête et débauchée. La simple vue d'une photo en lingerie a dû le raidir d'effroi. Ou d'autre chose.

Mes études sont terminées, j'écris des articles pour un magazine de mode parisien. Malgré la désillusion de mon premier vrai casting, je continue ma quête du Graal. Je liste toutes les agences de mannequins et pars postuler.

Mon oncle parisien m'a présenté à son meilleur ami, Jim, qui tient une éminente agence de mannequins en plein cœur de Paris. Il m'a trouvée trop petite et a ajouté que mes cuisses étaient trop fortes en tapotant de son index une de mes photos sur une plage. Je fais du 36. Ensuite, il a feuilleté mon book avec une évidente neutralité et a déclaré solennellement, comme une décision de justice, que je pouvais potentiellement travailler à l'étranger. Pas Londres et New York, plutôt Shanghai ou Athènes. J'avais bien saisi. Puis il m'a poliment inscrite dans la partie pub de son agence avec tous les comédiens et a ajouté que je pourrais peut-être faire du détail de corps. Je n'étais pas assez grande pour être mannequin. Il manquait quelques centimètres pour gravir la marche des podiums. Il me rangeait dans les castings pub, dans les tiroirs des mannequins défectueux. Ces castings ne sont absolument pas les mêmes. On passe de la suite ritzienne aux estudiantines, du trench Burberry à la parka H&M, rapport qualité-prix incomparable, pas de service après-vente, des salaires dégriffés, ça gratte, ça bouloche et ça donne de l'eczéma.

Ma nouvelle ambition était alors de décrocher une pub beauté puisque la mode me refoulait de son carré VIP.

Puis un jour d'inconscience, de folie peut-être, de névrose obsessionnelle, je ne sais pas, je cours chez Ford, Marylin, Metropolitan, Nathalie, Karin, IMG…

Je cours dans toutes les agences que je connais. Je cours dans Paris, sur les trottoirs sales, entre les passants, au milieu des immeubles hauts, des feux, je cours dans le métro, sous la pluie piquante, entre les phares des voitures, je cours à toute allure.

C'est après ce moment-là que j'aurais pu tout arrêter. Clore l'histoire, marquer le point final et ranger le dossier. C'est après ces refus que la résignation aurait dû l'emporter sur la motivation. Ouvrir les yeux et comprendre que ma vocation était morte. Que la mannequin que j'aurais pu devenir était déjà livide.

– Vous êtes très jolie, mais trop petite, me dit une bookeuse anglaise qui a pris le soin de regarder minutieusement mon book, posé à côté de celui de Barbara Fialho.

– Très beau corps et beau visage, mais nous avons dans notre agence déjà deux mannequins petites que nous n'arrivons pas à faire travailler, me déclare une autre bookeuse.

– Nous avons déjà une mannequin blonde avec un beau corps comme vous et qui fait votre taille. Nous ne pouvons pas en avoir plusieurs, car il n'y aurait pas assez de travail pour vous.

– Si ça ne tenait qu'à moi, je vous prendrais tout de suite !

Mais malheureusement la mode ne veut pas de petites. Aucun client ne booke des filles de moins de 1 m 75 à Paris. Il faut aller dans de plus petites agences, qui font de la pub et non de l'édito et des défilés.

On ne voulait pas miser sur moi dans la famille mannequin quatre étoiles. Il me manquait cinq centimètres ; cinq centimètres seulement, alors que tous les autres critères semblaient remplis. Il fallait rétrograder, gommer quelques étoiles dans ses yeux et accéder aux castings moins prestigieux. Il fallait accepter les limites de son rêve, les barrières de son ambition. Ranger son orgueil, ravaler son ego et fermer la porte de la gloire. Mannequin, oui, mais pas top model. Pas icône, mais ouvrière de la beauté.

16

Un énorme rottweiler me souhaite la bienvenue en me bavant grassement dessus. J'entre dans un appartement sombre, étroit, peu rassurant.

– Ah ! c'est toi, Amandine ! Bienvenue ! Entre. N'aie pas peur de Tommy.

J'entre dans le salon chambre. Un grand drap panthère couvre le lit-canapé. Tout ici semble avoir deux utilités. Aux murs, des photos de rappeurs sont punaisées. Des masques africains sont dispatchés un peu partout. Tout est brouillon. Le peu de lumière rend l'espace exigu et mystérieux. Une vieille malle sert de table basse. Dessus, des feuilles à cigarettes froissées et du tabac. Une boulette de shit même. Une canette de bière vide trône au bord de la fenêtre grillagée. Les rideaux sont épais, lourds, poussiéreux. Un lustre en fer forgé est posé à terre dans un coin de la pièce. Le panier du rottweiler occupe la moitié du salon. Une odeur de chien et d'encens me saisit les narines. Une senteur âpre, forte, un mélange chargé. Il a suspendu un fond noir en papier dans un coin de la pièce. Sûrement son « studio »... Des composites de filles pas très jolies traînent sur un bord de bureau. Ça sent le Ravanovski. Je commence à frissonner.

– Assieds-toi, tu veux du Coca ? me demande le photographe souriant.

Ses lèvres tremblotent. Il est aussi impressionné que moi. Ça ne m'apaise pas. Est-il sous emprise de psychotropes ? A-t-il prévu de me punaiser à son mur ? Il revient de la cuisine et me tend son book.

– Tiens, tu peux regarder si tu veux : c'est mon travail.

Ses longs cheveux noirs et quelque peu gras pendent nonchalamment au-dessus du verre de Coca. Sa chemise bariolée est trouée, son jean noir a une tache, sa bague tête de mort est rouillée. On dirait un junky peroxydé qui vient de se faire une intraveineuse d'héroïne. Ses mains tremblent aussi. Mais son sourire est toujours présent. Et malgré cet appartement lugubre, son look de toxicocréatif et son book de rappeur énervé, il m'inspire petit à petit confiance. Je perçois dans ses yeux une lumière rassurante. Un amour des gens, une douceur d'une extrême sensibilité. Des effluves de gentillesse, presque impalpables. Sa fragilité est attendrissante. Il retire l'élastique de ses cheveux, se recoiffe avec agilité. Tout ce qui émane de lui est aux antipodes de son univers noir de colère.

– Bon, eh bien, je vais te montrer les perruques. Tu vas voir, elles sont très bien. T'en as déjà mis ?

– Non. Mais ça peut être drôle.

Il éclate de rire. Un petit rire, presque juvénile. Mais un rire franc, gracieux. Il sort un sac en plastique blanc, froissé, rempli de pochettes transparentes bien lissées. Il les ouvre une par une, avec une délicatesse déconcertante.

– Il faut en prendre soin. Je dois les rendre au client nickel. Il les remet en vente après.

Ses doigts sont fins. Il manipule les perruques avec minutie. Puis m'en pose une sur la tête.

– Ah, ah ! Ça va très bien t'aller, tu es très jolie.

Je suis intimidée. Cet étranger, à la fois tendre et hostile, cet endroit, inquiétant, et cette proximité, tout à coup. Je suis assise sur le canapé qui est aussi son lit. C'est étrange. Il me touche les cheveux, me complimente et me dit d'aller dans la salle de bains pour installer correctement la perruque sur ma tête. Mon sourire est superficiel, mon corps, encore crispé. J'essaie de me détendre intérieurement.

– C'est par là !

Il me montre du doigt la direction de la salle de bains. Le rottweiler campe devant le couloir.

– Tommy, laisse passer Amandine. Allez, mon gros. Qu'il est jaloux, celui-là !

Jaloux ? Dans le couloir, des miroirs marocains sont accrochés par dizaines. Des breloques pendent du plafond, des tapis tressés jonchent le sol, des paquets de cigarettes sont parsemés. J'arrive dans la cuisine. Pas très propre, pas très grande. La gamelle du chien retient le sac-poubelle à terre. Une vieille assiette traîne dans l'évier. Et un biberon. Un biberon rose est posé sur la nappe cirée de la toute petite table à manger.

– Ce n'est pas par là. Tu es allée trop loin !

Pourtant, l'appartement n'est pas grand ! Je retourne sur mes pas.

– Il faut passer par la chambre de Lili.

Lili. Le biberon rose…

– C'est ma petite princesse.

Quand j'entre dans la chambre, que mon pied frôle la moquette bleu ciel moelleuse, que j'aperçois cette ravissante chambre de fillette remplie d'innocence, je comprends d'où vient la lumière si douce de son regard.

Dans le petit lit juste à côté de nous, dans les draps Minnie, un petit corps endormi rêve paisiblement. Elle est adorable. Lili. Sa frimousse me réchauffe le cœur et me remplit d'assurance. Un cocon de pureté, de légèreté, de délicatesse retentit comme un halo d'ondes apaisantes dans cet appartement si cru.

Je passe sa chambre sur la pointe des pieds. Tommy me dévisage comme un chien de garde. Il surveille Lili. Cette grosse bête musclée se transforme à mes yeux en un brave nounours sensible.

La sonnette de l'appartement retentit. C'est une jeune femme. La maman ?

– Eh ! salut, Lou ! Comment vas-tu ? Entre, fais comme chez toi. Un Coca ?

Une musique reggae envahit la pièce.

– Je mets un peu d'ambiance. Pas trop fort quand même, ma princesse dort !

Il commence à rouler un joint, fait les présentations. Lou est la maquilleuse-coiffeuse. Nous échangeons nos books. Je me suis décrispée. Mes angoisses disparaissent.

– Tu connais Willy depuis longtemps ?

– Non, on s'est rencontrés sur *Underwear and Fashion*, il y a un mois.

– Tu es mannequin depuis quand ?

– Ça fait deux ans environ que je fais ça, à côté de mes études. Mais avant j'habitais à Lyon. Je viens d'arriver ici.

– Tu as déjà bossé pour qui ?

L'interrogatoire obligatoire.

– Arrête de l'embêter. On va commencer le shoot. Tu la maquilles ?

Lou fait un signe de la tête. Pendant qu'elle me prépare, elle me complimente sur mes yeux aux reflets verts.

– Je ne vais pas rester longtemps, je suis pressée. Je te maquille et je m'en vais. Fais attention à Willy… Il est un peu *space*, me chuchote-t-elle entre deux coups de pinceau.

– Ah ?...

Elle me sourit bizarrement, ne répond pas.

Willy est à côté, il se débat avec son fond noir qui ne tient pas bien. Je ne peux pas questionner Lou.

Une demi-heure plus tard, la maquilleuse s'en va. Lili dort toujours.

– Tu vas enlever ton haut et ton soutien-gorge. Je fais des portraits, mais les épaules nues, c'est plus joli.

Ce n'était pas prévu. Les propos de Lou me hantent. Qu'entendait-elle par *space* ? M'avait-elle délibérément laissée dans une situation complexe ? Je suis coincée. S'il arrive quelque chose, le rottweiler bouche la sortie comme un chien de garde, et la fenêtre est grillagée… Tous les éléments autour de moi s'assemblent comme un puzzle et dessinent l'image d'un coup monté. Peut-être a-t-il même fait fondre un psychotrope dans mon Coca ? Je pourrais prétexter un mal de ventre foudroyant, un rendez-vous oublié, simuler un coup de téléphone urgent. Non, je dois exagérer. Il y a quand même Lili à côté. Je pars dans la salle de bains trafiquer une sorte de bustier avec mon soutien-gorge et mon tee-shirt. Il n'aura pas d'excuses, mes épaules seront bien nues.

– J'ai fait comme ça, je me sens plus à l'aise.

Il jette un coup d'œil et reste silencieux. Sa non-réponse m'inquiète.

– Allez, on commence.

Le shooting démarre. La première demi-heure se déroule normalement.

Puis il me demande d'ôter encore mon haut pour cadrer plus large tout en me laissant cacher ma poitrine.

– T'es sûr qu'on ne verra rien ?

– Mais non, attends, on fait pas du porno ! Mais comme les perruques sont moches, il faut rendre le truc sexy. Tu vois ?

Il tire sur son joint. Le rott vient s'installer dans son panier.

– Tu veux fumer ?

– Non, merci.

– Je vais sortir un peu de champagne, ça va nous booster !

Je n'ose pas dire non. Je ne veux pas passer pour la fille coincée. Une mannequin boit du champagne, c'est normal. Ça fait partie du jeu. Il arrive avec deux verres à pied remplis de Mumm rosé.

– *Cheers !*

Je bois d'un trait. L'alcool me désinhibera si la scène tourne mal. Ses yeux brillent d'herbe et de champagne. Lili est à côté. Il ouvre la fenêtre pour aérer. Trois, quatre, cinq, six perruques. Du travail à la chaîne. Je suis épuisée.

– Tu es vraiment très belle, tu sais.

Il prend une longue inspiration. Je suis torse nu, muette et immobile comme Marianne.

– Tu as un petit copain ?

– Oui. Ça fait plus de deux ans.

– Tu l'aimes ?

– Oui.

J'acquiesce, impassible.

– C'est dommage… Une jolie fille comme toi, me sourit-il avec ses yeux pourtant si innocents.

Il s'avance vers moi. Je fais instinctivement un pas en arrière.

– Eh ! n'aie pas peur, ma belle, je te remets une mèche qui dépasse de la perruque. Tu as peur de moi, c'est vrai ?

– Non. Ça va.

La musique reggae a glissé en musique lounge, calme, sensuelle. J'ai l'impression que je vais tourner dans un film érotique. L'air me semble sale, comme si quelque chose flottait, une bête mystérieuse, menaçante, dégoûtante. Comme un nuage lourd prêt à exploser. Je me sens oppressée. La phrase de Lou concernant Willy résonne dans ma tête. Elle ne m'aurait quand même pas laissée avec un obsédé sexuel…

– Tu as l'air fatiguée. Tu veux qu'on fasse une pause ?

– Non, non.

Je veux en finir. Je veux scier les barreaux devant moi pour m'évader par la fenêtre.

– Si tu veux, on continuera une prochaine fois.

Il éteint son joint. Dehors, il fait nuit. Je n'ai jamais eu autant envie de fuir.

– On mange ensemble ?

– Non, merci. J'ai une amie qui m'attend. Elle habite à côté.

– Je te file le chèque de 500 euros. On doit se revoir pour la suite.

– OK. On se téléphone pour fixer un rendez-vous.

Il me signe le chèque. Me montre son site Internet insipide. Je me rhabille en vitesse sans remettre mes bretelles de soutien-gorge. En attrapant mon sac, je heurte une boîte ; elle s'ouvre à terre. Des préservatifs tombent. Ils étaient juste là, prêts à servir. J'ai la nausée. Les films qui auraient pu se réaliser défilent dans ma tête comme des scènes de viol. Il n'a rien vu, il a encore le dos tourné, les yeux englués devant l'écran de son ordinateur. Je donne un coup de pied dedans pour tout cacher sous son étagère. Le bruit le fait se retourner.

– Qu'est-ce que tu fais ?

– Rien, j'avais fait tomber mon sac.

Ses pupilles vrillent en direction de la boîte de Pandore qui est encore visible sous l'étagère. Ses sourcils sursautent, je sens la gêne l'envahir.

– J'y vais, on s'appelle !

Je prends un air dégagé et me dirige vers la porte, heurtant le flanc du rottweiler endormi. Mon cœur est en pleine implosion, mes jambes se raidissent de peur.

– Attends !

Willy me saisit le bras vivement. Je me retourne, paralysée. Mon heure a sonné. Je le fixe, terrorisée, mon sang se glace, mon pouls est en pleine décharge électrique.

– Tu as oublié ton chèque sur la table.

Il me tend les 500 euros et m'embrasse amicalement.

La gêne n'a pas disparu de son regard.

– Ah… oui.

La voix tremblotante, j'empoigne les 500 euros sans le regarder. En claquant la porte, j'ai une dernière pensée pour Lili.

17

Voilà plusieurs mois maintenant que je cours les castings de mes deux agences deux étoiles. Mon quotidien est sportif. J'ai dû apprendre à m'organiser pour gérer au mieux ces allées et venues dans Paris, été comme hiver, pluie, grêle, canicule ou tempête. J'ai mis au point un équipement savamment pensé et un emploi du temps prêt à tout changement de dernière minute. Car mes agences appellent du jour au lendemain, voire parfois de l'heure à l'heure d'après. Il faut être dans les starting-blocks. Opérationnelle. Prête à dégainer pour avoir toutes les chances de son côté. Et devancer la fille qui n'a pas encore saisi tout cela.

La première chose à considérer, c'est le style particulier d'une mannequin. J'ai noté deux styles bien distincts. La première, souvent celle qui vient d'une grosse agence, qui semble beaucoup travailler et qui se moque de ce que pensent les autres : la Pro je-m'en-foutiste. La Pro je-m'en-foutiste est beaucoup plus belle que les autres, très grande (entre 1 m 77 m et 1 m 82), proche de la maigreur, a les cheveux longs de couleur naturelle, une peau zéro défaut et un style singulier. Elle n'a rien à prouver, son book parle de lui-même. Elle vient aux castings très zen, son iPod dans les oreilles, jean-baskets et cheveux attachés encore emmêlés. Elle n'a pas de maquillage, elle est nature et embarque tous les contrats. Puis il y a l'Autre. L'Autre a ce petit quelque chose qui ne va pas. Elle compense par des stratagèmes. Pas assez « belle », trop « grosse », trop « petite » ou trop « vieille », elle est jugée comme telle dans le jargon des directeurs de casting, fins connaisseurs des règles d'or de la Beauté du vingt et unième siècle. Rappelons que l'Autre, dans la vraie vie, est une bombe à faire se retourner tous les hommes. Aucune personne sensée, dans la vraie vie, ne peut dire qu'elle est trop grosse ou trop vieille ou trop petite. Car, non, elle ne l'est pas. Elle pèse au maximum 55 kilos, mesure au minimum 1 m 70 et a au maximum 29 ans. Mais dans ce monde parallèle de beauté, tout est discutable. L'Autre jalouse donc beaucoup la Pro. Cachant ses « formes » ou perchée sur des talons vertigineux, elle copie.

Mon infirmité à moi, mon atrophie : la taille. Les hauts talons me torturent ainsi toutes mes journées de castings. Mille paires de chaussures achetées depuis mon arrivée à Paris. La bonne, celle qui promet le footing indolore, je ne l'ai pas encore trouvée. Peut-être parce qu'elle n'existe pas. L'idée de partir aux castings en baskets et d'enfiler mes escarpins au dernier moment m'a bien traversé l'esprit, mais le regard de pitié lancé par la (grande) mannequin qui te prend en flagrant délit est trop humiliant. J'opte donc le plus souvent pour les talons dès le départ.

Et puis il y a le jean. Celui qui doit faire des fesses parfaites. Ni trop plates, ni trop rebondies, ni perdues dans l'ampleur de la coupe. Celui qui tombe superbement sur les chaussures et qui cache la hauteur de talons. Celui qui fait croire qu'on a les jambes d'Adriana Karembeu.

Et le soutien-gorge. Pas le push-up. Le trompe-l'œil est toujours démasqué. Ni le trop fin. Celui qui fait une belle poitrine et ne ment pas. Il y a aussi le string chair ultra-invisible pour les essayages de lingerie.

Le fond de teint. L'imperceptible fond de teint. Le visage doit être sans défaut, hâlé mais pas maquillé. Comme un mannequin de vitrine. J'erre dans les salons de beauté pour l'épilation au laser, les manucures, les nettoyages de peau. Je hante les salles de sport pour entretenir mon 89 centimètres de tour de hanches. Je soudoie un coiffeur pour un blond de publicité L'Oréal tous les mois. Naturelle, moderne, fraîche, bien dans ma peau, je dois partir à mon casting. Le plan de Paris et des proches banlieues devient alors ma bible. Je ne dois jamais m'en séparer pour éviter une demi-heure de piétinements. Mon sac aussi est intelligemment pensé. Assez large pour tenir le book, le plan, la minitrousse à make-up, le petit miroir, l'iPod ou le livre pour les heures d'attente. Un Caddie. Sortie de chez moi, je dois maintenant affronter le temps.

Averse. Mes cheveux mouillés se plaquent sur mon visage. Mon front ruisselle. Des gouttes me coulent dans le dos. Le mascara et le fond de teint bavent, le bas du jean est trempé, boueux. J'arrive au casting comme les Bérurier noir après un concert.

Canicule. Je transpire, j'ai des auréoles sous les bras. Mon nez brille. Ma frange colle. Mes mains sont moites. Mes joues sont écarlates, je pue. J'arrive au casting comme un sportif après le Tour de France.

Tempête de neige. Mes bottes compensées glissent sur le bitume. Je m'étale lamentablement sur le trottoir. Mon jean est troué, j'ai un bleu saignant. Mon bonnet rend mes cheveux électriques. Mon nez est tout rouge. J'arrive au casting tel un vieux clown en fin de carrière.

Après le temps. Les heures. Heure de pointe à Paris. Je dois traverser la ville en métro. Lorsque les voitures, gonflées par la multitude de corps serrés, arrivent vers moi, je panique. Si je n'ai pas pris le temps d'ôter mon manteau, je dégouline. Si je ne me suis pas dépêchée de rentrer, je suis collée à la vitre et je salis mon haut. Si je suis habillée trop court, je risque une main baladeuse. Si j'ai plusieurs castings à la suite entre 17 h et 19 h, je fais une prière. Je sors du métro.

Moment fatidique : trouver la rue. Si je suis chanceuse, j'aperçois une mannequin et je la suis. Nous allons souvent au même endroit. Mais la fiabilité n'est pas certaine. Il m'est arrivé de me retrouver devant la porte de l'appartement d'une fille qui n'était absolument pas en agence…

Me voilà, environ 45 minutes après mon départ, au casting. Tout ce que j'ai pu vivre de saumâtre, d'irritant depuis mon départ, n'est alors rien face à ce que je vais subir maintenant. Je pousse la porte de l'immeuble. Cherche le code de la porte dans mon agenda, au fond de mon Caddie. Cherche l'étage, cherche la porte, cherche l'affichette CASTING, cherche la salle où attendre, cherche la fiche à remplir, cherche une place pour m'asseoir, cherche un stylo et cherche un regard apaisant, en vain.

Presque toutes assises par terre, elles se dévisagent, se scrutent, se comparent. En quête du moindre défaut de l'autre, de la tyrannie menaçante de la perfection, de la race aryenne. Le silence est dérangeant. Mais j'ai pris l'habitude. À mes débuts, je quittais parfois la salle, bouleversée par l'inanité des jeunes filles. Aujourd'hui, je relativise, ne les écoute pas, ne les regarde même pas.

J'attends mon tour. J'ai inscrit mon prénom sur la liste commune et rempli une fiche individuelle. Prénom, agence, âge, hauteur, poitrine, taille, hanches, couleur des yeux, couleur des cheveux, expériences, disponibilités, numéro de Sécu, numéro de passeport.

Je n'aime pas les fiches. Elles nous résument mal. Elles nous tuent. Tuent de toute personnalité, de tout charme, de tout trait d'esprit. Chaque fois que je les remplis, j'ai l'impression d'être quelqu'un d'autre. La fille blonde aux yeux noisette qui fait 1 m 70 et du 85C. Amandine G. Juste un prénom et une initiale pour ne pas confondre avec d'autres. Une moitié de mon nom, une moitié de moi. Comme si Amandine était mon physique, et mon nom de famille, toute mon histoire. Coupée en deux. Coupée de soi. Coupée de son intérieur. C'est toujours très étrange de ne travailler qu'avec une partie de soi. Comme si une face était cachée, enfouie, oubliée, obsolète. Quand je lève les yeux de ma fiche, que je constate ce spectacle désolant de filles accroupies par terre dont je fais partie, qui se détestent et attendent péniblement que leur roue tourne, je suis éplorée. Il ne manque plus qu'un directeur de casting avec un fouet pour nous dire comment nous tenir. Je lis alors cette affichette collée à la porte. Et l'inscription, associée à la réflexion que je viens de me faire, m'entraîne dans un fou rire agité.

ATTENDRE ICI,
NE PAS PARLER, NE PAS BOUGER.

18

12 novembre. Le klaxon fanfaronne dans la rue déserte du IXe arrondissement. Il est 5 h 30 du matin et Phil fait déjà un boucan d'enfer ! J'espère que les voisins ne vont pas se rendre compte que cette fourgonnette à mégaphone a un lien avec ma petite personne. Phil est photographe, il passe me chercher : direction une villa bourgeoise de Fontainebleau. Aujourd'hui, je suis l'égérie d'une marque de design 70' ! Je m'engouffre dans la camionnette à côté de Vee, la maquilleuse, le visage encore plissé de la nuit. Phil, lui, est presque déjà sous coke ! Il enchaîne un monologue à toute vitesse sur le déroulement de sa nuit à créer des objets hétéroclites pour ses prises de vue. Il a le cheveu hirsute, un Hollywood mentholé dans la bouche subissant les pires mastications de l'histoire des chewing-gums, et de la peinture jaune fluo craquelée sur les mains. J'en profite pour regarder à l'arrière : le matériel photo s'amoncelle, appuyé contre une planche de polyester, une bonne dizaine de rouleaux de graffeur et des outils de toutes sortes. Mais que va-t-il bien se tramer aujourd'hui ?

Phil a pour habitude de bricoler des décors fantasmagoriques avec ses 10 petits doigts. Son univers est sublime, à la fois ultramoderne, sexy et décalé. Un David Lachapelle moins trash, un Mondino plus brut. Il est assez prisé dans l'édito magazine parisien en ce moment, un futur très grand chuchote-t-on dans les couloirs des rédactions ! Je suis folle de joie de poser pour lui, car mon book va s'orner de quelques carats, mais très inquiète d'être à la hauteur. Toujours cette terrible hauteur qui me colle à la peau !

Au bout d'une heure de route dans la carriole à rêves, la villa se dessine au loin. Un couple de retraités hipsters nous attend, excité à l'idée de faire voyager sa maison dans un monde irréel le temps d'une journée. Dans le jardin verdoyant, j'aperçois une très grande piscine découverte à l'eau translucide. Une légère angoisse m'envahit : et si je devais me mouiller par un froid aussi piquant ? La demeure avec piscine ouverte en plein automne n'avait sûrement pas été choisie par hasard ! Aïe !

– Bonjour, mademoiselle, c'est donc vous la mannequin qui va braver le froid ?

À peine avais-je eu le temps de me questionner sur l'existence du point d'eau face à moi qui servait de pataugeoire de luxe à ce couple de dandy-arty que la sexagénaire me taquinait à son sujet.

– J'imagine que oui ! Mais je ne pense pas me baigner, tout de même ! N'est-ce pas, Phil ?

Je hausse le ton pour atteindre les oreilles brouillées du photographe, l'esprit déjà rempli par toutes ses idées abracadabrantesques du jour.

– Non, Amandine. Ha, ha ! Tu vas juste être *sur* l'eau !

Il me montre de son menton mal rasé un transat en plastique rouge vif magnifiquement designé et destiné à flotter sur la fameuse bassine géante.

J'en déduis que je vais me transformer en miss Bikini ! Habituellement, ma bookeuse m'en informe, mais cette fois-ci, j'ai été prise en direct par le photographe via une connaissance, qui a omis de me le préciser. Phil m'avait plutôt parlé d'une séance à la *Twin Peaks* dans une des salles au carrelage en damier de la villa, avec une certaine petite fille…

– Et *Twin Peaks ?* je lui demande, étonnée.

– C'est pour cet après-midi ! Avec Augustine ! Elle arrive à 13 heures.

– OK…

La styliste Valentine vient me chercher aussitôt. Elle a une allure démentielle : la dernière veste lamée or qu'il faut avoir sur les épaules, des Chelsea boots psychédéliques qui tambourinent à chacun de ses pas et un carré noir impeccable à la Mia Wallace. Il ne manque que la cigarette ! Nous montons au premier étage de la maison par un luxueux escalier en pierre. Une barre penderie de maillots de bain trône déjà dans la suite parentale, à côté d'un immense lit à baldaquin impeccablement bordé. Je suis visiblement la dernière au courant de ma future torture glacière ! Je frissonne à l'idée de me déshabiller. J'ai déjà la chair de poule. Dans un coin de la chambre, j'essaie un une-pièce Cacharel blanc, puis un La Perla noir à découpes sur le côté, un Lacroix vert en lurex et un Dior rouge vermillon. Je suis gelée. Il n'y a pas de chauffage dans la demeure de prêt ! Quelques minutes et tours sur moi-même plus tard, Valentine et Phil choisissent de concert le modèle La Perla, celui qui a le moins de centimètres carrés de tissu…

– Tiens, attrape ce peignoir et ces UGG en attendant, car tu vas littéralement geler, ma belle ! s'esclaffe la styliste.

Oui, mes doigts de pied commencent déjà à s'anesthésier.

Une heure plus tard, je renifle frénétiquement telle une camée allongée sur une chaise longue flottante en talons aiguilles et maillot, caressée par les premiers rayons du soleil et les 9 °C. *So weird !* Je n'ai pas de mouchoir sur moi, car il ne tiendrait pas dans mon micro-Bikini. Personne ne peut réellement m'en lancer un, car je suis au milieu de l'eau et qu'il y a du vent. Donc, je renifle. C'est tellement plus chic ! Parfois, ce sont les maquilleuses qui nous mouchent. Lorsque nous devons garder une pose particulièrement périlleuse, que nos ongles ne sont pas secs ou encore pour ne pas abîmer le maquillage. Il y a un petit je-ne-sais-quoi d'effrayant la première fois que quelqu'un nous mouche et que l'on n'a pas deux ans et demi. On se sent à la fois régresser et grandir sur l'échelle sociale. « *Hey girl ! Somebody blows my nose ! Yeah !* » Ce qui est, avouons-le, complètement ridicule. Bref. Aujourd'hui, personne ne me mouche.

Phil ne veut pas gâcher l'instant. Nous n'avons que quelques minutes pour capter cette lumière naissante, cette atmosphère brumeuse et magistralement chimérique d'un matin d'automne. Il devient soudainement plus nerveux, un tantinet moins rigolard que dans le van de bric-à-brac.

Nous commençons les premiers essais lumière, je dois rester immobile, les bras pliés le long de mon corps telle une Barbie endormie sur son matelas de luxe. Phil est très pointilleux en ce qui concerne ma position. Mes jambes, l'écart entre mes doigts, l'inclinaison de mon visage, la cambrure de mes pieds, tout est millimétré quasi obsessionnellement. Par ce froid, il est presque impossible de rester stoïque ! Des frissons s'esquissent sur ma peau qui devient alors grumeleuse. Je sens que je ne vais pas tenir longtemps. Je visualise une plage paradisiaque, la chaleur étouffante enveloppant mon corps et les perles de transpiration coulant de mon front. Je l'ai vu fonctionner dans un documentaire sur des yogis ! Je tente de longues respirations en essayant de contrôler mon corps face au froid. Contrôler son corps, cela était bien l'unique et terrifiante ordonnance que l'on administrait aux mannequins. Stopper mentalement le froid glacial pour tous les shootings en hiver et en extérieur, gérer au contraire des chaleurs étouffantes lors des séries en plein cagnard, supporter la douleur de pieds comprimés dans des talons, les crampes dans les jambes, dans le dos et dans le corps tout entier pour tenir des poses insensées dans une vie normale, les cheveux tirés à outrance, les barrettes plantées dans le crâne, le lisseur brûlant trop près des oreilles, les 18 mains qui vous touchent, vous plantent une épingle dans le dos pour tenir votre robe, vous compriment avec une ceinture, vous collent des faux cils qui grattent ou un rouge à lèvres qui vous empêche de boire…

Il fallait contrôler sa douleur, se laisser piétiner son espace intime sans broncher, gérer son physique au cordeau et, bien évidemment, maîtriser l'unique défaut « modulable » : son poids. Pour cela, deux solutions : vous avez de la chance et vous n'avez rien à faire à part ne pas trop manger avant le shoot pour ne pas avoir de « bidon » qui dépasse, ou vous n'avez pas de chance et vous êtes au régime 24 heures sur 24, car votre nature en a voulu autrement. Et la graisse des mannequins est aux modeux ce que la graisse animale est aux veggies : une honte pour le corps !

Heureusement, tout était bien sous contrôle en ce matin d'automne.

Les assistants sont aux aguets, les retraités font office de figurants au fond du jardin. Seul le déclenchement des flashs toutes les trois secondes perce le silence studieux.

– Je vais déposer mes ailerons de requin ! Il va falloir faire super vite à cause du vent, annonce très sérieusement Phil en brandissant son appareil à son petit commis.

Il avait donc bien bricolé un truc bizarre ce matin ! Entre le maquillage et le stylisme, je n'avais pas eu le temps de voir s'aiguiser ses dents de la mer.

Phil arrive sur le plateau, rieur, ses ailerons fabriqués dans du carton peint en noir, collés sur des petits socles en polyester bleu ciel « pour la flottaison » ! Je souris de cette invention à la Michel Gondry. Il veut les positionner autour de moi, dans l'océan chloré.

Mais, à la moindre brise, les requins… s'envolent !

Je suis frigorifiée, et bientôt entourée de poissons surgelés. Je commence, sans m'en rendre compte, à remuer un peu sur mon matelas rétro.

– Amandine, garde la pose, car on galère déjà avec les requins !

La phrase est directive. J'exécute. Je replonge sur mon île paradisiaque entourée de palmeraies aux effluves délicats. À chacune de mes expirations, je vois le froid glacé sortir de mon corps comme un fantôme. Je suis en pleine autosuggestion.

Le souffle du vent se fait de plus en plus fort et embarque les ailerons dans la mauvaise direction. Phil devient exécrable. Il gesticule, lève les bras, pense tout fort, part vers son camion, revient, bouge ses spots. Il réquisitionne toute personne traînant autour de lui pour maintenir les triangles noirs à l'aide d'épuisette ou de perche de piscine. Il s'énerve. Le vent redouble. Son tableau parfait se voit brouillé par une météo colérique. Et si la brise de ce matin venait nous donner une leçon ? me dis-je sur mon rocher des Maldives (lui bien à l'abri du vent). Et si cette nature « imparfaite » venait semer le trouble sur ce shooting trop contrôlé pour nous prouver que nous avions tort ? Tort de mentir sur le corps de la femme dans les magazines. Tort de prôner un idéal où les requins sont en plastique et les filles aussi. Tort de montrer que les intempéries ne nous touchent pas, que nous sommes insensibles à tous ces diktats ?

J'aime soudainement cette brise messagère. Je la vois comme une amie venue me réconforter. Comme une complice me faisant du coude et balançant un « Vous ne pourrez jamais lutter contre la nature ! Alors, pourquoi vouloir sans cesse la contrer ? »

19

Fashion Top Paris m'appelle régulièrement pour des castings à son agence. Toutes les filles sont convoquées en même temps. Il n'y a pas d'horaires individuels, pour mieux attendre.

Mais pour 600 euros les deux heures de shooting, je me force.

Durant ces longs après-midi, j'aime écouter les niaiseries que profèrent les autres.

– Hé ! Jennnnnyyyyyyyyy ! Mais comment tu vas, ma belle, depuis Londres ??

L'autre fille pousse un cri d'hyène.

– Héééééééé ! T'es trop belle ! Ça me fait trop plaiiiiiiz de te voir ! Je bosse à mooort en ce moment !!!

Premier mensonge. Si elle est ici, chez Fashion Top, à attendre depuis plus d'une heure, c'est qu'elle ne signe pas tant de contrats.

– Ah ouais ? T'as fait quoi ?

L'autre, déjà jalouse, attrape son book pour regarder.

– Attends, je n'ai pas récupéré les photos ! J'ai défilé avec Sofy samedi dernier !

– Sofyyyy ? Ah ouais… Tu l'aimes bien ? Moi, je me suis pris la tête avec elle…

– Ouais, c'est vrai, elle est un peu zarbi des fois.

– Elle se la pète grave, ouais !

– Hahahahaha !

L'hyène éclate de rire. Un rire faux, une grimace insidieuse. Deux autres jeunes filles à côté de moi :

– Tu as pas bougé d'un poil, c'est fou !

– Oui, je grossis pas.

– Ah bon ? Mais tu bouffes rien ?

– Si, je me gave de Nutella devant *Sex and the City* ! Mais je prends pas zun gramme ! C'est mon métabolizme.

Son zozotement lui colle un sacré cliché de blonde.

– Hahahahaha ! Eh ben, y en a qui ont de la chance !

Un mannequin masculin entre dans la pièce.

– Daniiiiiiiiiiel !

Une rousse se jette sur lui. Il sourit, gêné.

– Et comment ça va, toi ? lui demande-t-il, poli.

– Ah ! je bosse graaaave en ce moment ! J'ai shooté pour Eden Pirk.

– Bravo. Bien payé, j'imagine…

– Ouais, graaave. Ben, j'ai fait tout le catalogue en Espagne !

– Et un voyage en plus…, bien.

– Graaaave. C'était super. Le photographe trop balaise, et toute l'équipe vraiment géniaaale. On s'est éclatés. Il y avait un mannequin de chez Catwalk.

Catwalk est une grosse agence. C'est valorisant pour elle. Je me demande comment ils ont casté chez Eden Pirk.

– C'était par Fashion Top ? demande Daniel, placidement.

– Non, en direct.

Elle rougit.

– Eden Pirk en direct ? Ils t'ont trouvée comment ?

Son timbre de ténor se transforme en un léger mezzo-soprano.

– Je connais bien le directeur commercial.

Elle tombe dans l'estime de toutes les filles qui ont tendu l'oreille.

– Mais, bon ! C'est pas pour ça que j'ai été choisie, attends ! Hahaha ! Le photographe m'a adorée !

– Oui, j'imagine. Le piston ne marche pas pour ce genre de choses.

La finesse de sa réponse est imperceptible par son interlocutrice.

Le dialogue s'arrête. Mes yeux se posent sur un nouveau spectacle, celui des autres mannequins. J'aime les regarder, une par une, et deviner pourquoi elles sont là, lancées par la même espérance que moi. Elle, assise au bout du canapé. Taciturne. Plongée dans un essai philosophique, les doigts empoignant la couverture souple du livre de poche. Ses lèvres remuent régulièrement, de manière presque indistincte, ses traits sont immobiles. Elle a un grain de beauté sur l'arête de son nez. Comme une petite tache noire perdue au milieu d'une blancheur immaculée.

Et elle, agenouillée à terre. Son corps androgyne, ses cheveux noirs intenses, ses yeux translucides, chimériques… Elle dénoue le fil de son iPod, s'agite, devise, susurre, éclate de rire. Sa copine lui entrouvre son book, j'aperçois ses photos. Une tout autre créature, magnifiée, réincarnée à l'idéal des codes de la beauté. Ce n'est plus elle, mais une émanation de ses perfections, une exaltation de sa sensualité, de sa féminité pourtant si contenue.

15 h 47. Après une heure d'attente, c'est enfin mon tour.

– Amandine, tu tournes sur toi-même et tu défiles.

J'exécute.

– Maintenant, tu prends des poses comme une mannequin Dior.

À l'intonation de sa réflexion, je perçois pour lui le fossé qui nous sépare des mannequins haute couture. Dans sa bouche, ces propos résonnent insidieusement comme une avanie.

Après plus d'une heure d'attente, ces quelques mots me glacent. Je ne suis plus stupéfaite, je suis en colère, avec un sentiment d'injustice et surtout d'impuissance. Abattu par l'ennui, las, le client ouvre mon book comme s'il feuilletait le Code pénal. Il le passe à sa voisine. Elle tourne les pages à la vitesse d'un métronome, empreinte de jalousie déraisonnée.

Pétrifiée d'inquiétude pour ses formes généreuses… Est-elle la seule à en avoir aujourd'hui dans cette pièce ? Elle se sent indécente et méprisable face à tant de corps aériens.

– Terriblement commerciale. À la suivante !

Le couperet est tombé. Je suis trop commerciale pour celle-ci. Trop banale à ses yeux. Je lui évoque les ventes par correspondance plutôt que les pubs Chanel. Je la regarde dans les yeux, j'ai envie de la torturer.

Elle me jette un regard noir de haine. Elle est laide, affreusement laide derrière son Polaroid et sa pile de composites. Elle me rabaisse pour mieux s'élever.

Je rêve d'une kalachnikov. Une belle kalachnikov bien luisante. Avec plein de gâchettes et de recharges. Je rêve de saboter toute l'agence avec mes balles en rafales. De dégommer le visage turgide de cette cliente infâme. Voir son sang repeindre les composites cloués aux murs, les tripes de son assistante dégouliner contre sa cuisse, la cervelle de son homologue voler dans la pièce et s'écraser contre les nez écachés des bookeurs derrière leurs ordinateurs. J'ai des fringales de meurtre. La colère, l'acrimonie acerbe, l'aversion, l'envie de vomir. Je rêve de sauter sur les bureaux et de tout pulvériser : les contrats frauduleux, les books par milliers, les post-it fluo empilés.

Renverser les tables, empoigner les chaises, bousculer les étagères, arracher les photos, enfoncer les touches des claviers, briser les écrans, déchirer les vêtements, mettre le feu, brûler cette agence, flamber ce monde de superficialité, carboniser cette injustice qui me consume, embraser ces reproches, ces critiques, ces réflexions que je ne peux plus entendre, cette hypocrisie qui me tue, cet irrespect qui me viole, ces regards qui jugent, qui notent et qui te méprisent. Je veux tout casser, tout anéantir. Je ne veux plus qu'on me juge sur cinq centimètres, qu'on me trouve commerciale ou banale, qu'on me prenne pour un numéro, que je sois trop ou pas assez, qu'on m'ignore ou qu'on me blesse, qu'on me laisse partir sans me dire merci, qu'on me laisse parler sans me regarder, qu'on me laisse pleurer sans rien remarquer. Je ne veux plus de « non » ni de « bof ». Je ne veux plus des mots « classique », « moyenne » ou « petite ». Assez de ce mot réducteur, assez de ces talons aiguilles, assez de cette aberrance physique. Je reprends mon book. Sans mot dire. Je veux tout abandonner.

20

Les mois glissent chez Fashion Top et les contrats sont insaisissables. Cette agence existait-elle vraiment ? Les mannequins étaient-elles des hologrammes ? Les bookeuses, un égrégore ? Les sonneries de téléphone, fantomatiques ?

Je me détache de ce métier, forcée par la réalité poignardante du milieu. Je ne pouvais pas entrer par les fenêtres indéfiniment lorsque l'on m'y mettait violemment à la porte. Je ne pouvais pas essuyer leurs crachats et continuer la conversation sans frémir.

Je me consacre à mon stage de fin d'études de journalisme. Je suis chez *Vogue* : jolie ironie. Moi qui rêvais de podiums et de pages de magazines, je me retrouve assise fatalement à un bureau à décrypter les tendances et feuilleter toutes les campagnes de mode dans lesquelles je tuerais pour apparaître.

Mais aussi drôle que cela puisse paraître, je ne suis pas anéantie par l'amertume, je sais que ces mannequins filiformes ont poussé leurs premiers cris sur une planète à laquelle je n'avais pas accès. Une planète VIP où le champagne et la cocaïne sont en vente libre au supermarché. Où la caissière au 85-60-90 a les jambes qui dépassent de sa console et où tous les prix sont victimes d'une inflation légendaire. Les boîtes de thon ont été toisées au casting et relayées par le caviar qui se loue à 15 000 euros par jour. Un grand magasin où les allées sont tapissées de dollars et de sacs *Céline* et les rayons gavés de 0 %. Où les annonces sur la promo des pois gourmands sont saturées par la *Gate number 4, flight 407.* Oui, je le sais depuis les premières lettres de refus de mes 15 ans que j'incarnerai la gondole à… 70 %.

De l'aigreur, j'en ai beaucoup plus contre Fashion Top, qui a visiblement perdu mon numéro de portable durant mon carnage virtuel…

Mais il y a des périodes, arrivant de nulle part, qui redonnent un goût sucré aux choses que vous aviez laissées en friche.

Fashion Top me contacte. Je signe un premier contrat pour la campagne d'un cinéma. Ils m'ont choisie sur photos. Je suis placardée dans tous les cinémas français. Tous mes copains me téléphonent pour me féliciter. J'ai soudainement de nouveaux amis.

Une semaine après, un deuxième contrat. Du jamais-vu pour moi chez Fashion Top. Des affichages pour une marque de lingerie. Je travaille 6 heures pour 2100 euros. Et puis il y a le troisième contrat. Peu de temps après. Pour une marque de produits solaires. Je suis payée 1940 euros pour deux après-midi. Mon salaire mensuel avoisine les 5000 euros nets pour 18 heures de bonheur.

J'ignore pourquoi je suis droguée à ces shootings, au-delà de l'aspect financier. Dans ma petite vie d'étudiante, ils représentent ma croix de Templier. Mon signe d'appartenance à une croisade quotidienne, dure mais plus qu'honorable ; la confirmation de mon adoubement. Et il y a aussi tout le reste… La beauté, l'alchimie de l'instant, les frissons de l'effervescence et de l'éphémère… La transformation, l'aliénation de moi-même, l'unicité du lieu, de la pose, de la photo. Le clic de l'appareil, le voyeurisme sublime du photographe, les mains graciles des habilleuses, l'intimité mise à nu, le corps prêté au nom de l'excellence. Un don de son enveloppe charnel.

J'aime tous ces artistes qui s'affairent autour du même sujet. Tous aux soins d'une seule image. Une image sans faux plis, sans imperfections, sans nuages, sans ratures. J'aime ces objets fascinants. La rondeur et la brillance des réflecteurs, le mystère occulte de l'appareil photo et la multitude de produits destinés à la même chose. J'aime l'abondance des fards à paupières qui se ressemblent, mais qui jouent sur la plus microscopique des nuances. J'aime cette futilité. J'aime cette séduction. Cette superficialité qui n'a jamais été si indispensable. J'aime ce souci du détail, de l'esthétisme, du leurre, de l'unique.

Après mes trois contrats d'affilée, j'inspire confiance à Fashion Top. Je suis même celle qui a le plus travaillé pendant le mois. Mais au lieu de me féliciter, ma bookeuse préfère se caresser.

– J'ai vraiment bien cerné ton profil ! Je t'ai présentée où il fallait !

C'est elle qui a tout le mérite. L'éminente bookeuse de l'illustre agence parisienne Fashion Top.

– Je vais faire du forcing pour le casting beauté que tu viens de passer.

Du « forcing » ? Je n'avais jamais entendu cet anglicisme. Elle va appeler les clients du casting dont je reviens pour les persuader de me prendre. Ça se passait sûrement comme cela d'habitude. Elle poussait certaines et laissait d'autres sur le rivage… Je comprends d'un coup le mutisme de mon téléphone pendant de si longs mois.

Séverine, la bookeuse, avait bien décidé de me donner ma chance. Paradoxalement, je la maudissais. Me porter de l'intérêt seulement maintenant, après tant de mois et même d'années au service de son agence maudite ! Deux ans en province, un an à Paris : trois ans de castings infâmes, de tests photo sur les toits d'un opéra, de salons indigestes ! Et enfin une promotion ? Avais-je fait mon quota de ramassage d'ordures ? De cafés et de photocopies ? Pourquoi seulement maintenant ? Et si les autres mannequins s'étaient enfuies ?... J'étais peut-être l'ultime mannequin coriace et sadomaso de son listing de rebuts.

Le forcing ne fonctionna pas. Mais j'avais légèrement gravi l'échelle sociale. Je changeai de tarif. On m'avait convoquée pour une promotion : j'accédais aux castings plus prestigieux.

Aujourd'hui, je me rends à celui d'une grande marque de lingerie, mondialement connue. Je me demande comment Fashion Top a réussi à attirer ce client-là. J'ai été présélectionnée sur photos.

Excitée, empressée, je cours en sandales hautes rue de Castiglione. Vais-je rencontrer l'éminente créatrice ? Y aura-t-il de la moquette moelleuse et des cintres roses comme dans ses showrooms parisiens ? Vais-je essayer la toute dernière collection ? Celle qui n'est pas encore dévoilée… Les autres mannequins viendront-elles de grandes agences ? J'avais envie de m'écrire mes scénarios.

J'attends dans la cour très guindée d'un immeuble haussmannien. Nous sommes quatre jeunes filles, impassibles, immobiles sur des chaises en fer. Les pavés les rendent bancales. Les mannequins ne sont pas de la planète VIP. Ordinaires presque.

J'imagine qu'elles doivent avoir un corps merveilleux sous leurs vêtements moulants. Je les fixe, le manque d'occupation m'entraînant clandestinement dans des pensées indiscrètes. Je visite leurs corps chimériques, m'éclipse dans la rondeur de leurs seins, la cambrure de leurs fesses, le galbe de leurs cuisses… Leurs formes se dénudent avec grâce et volupté. Nues sur ces chaises en fer, silencieuses, elles me paraissent sortir d'une image d'Helmut Newton. Le tableau est cru, froid, mais indescriptible de beauté. Leurs yeux noyés dans le vide, leurs mouvements arrêtés comme une image stoppée leur offrent une suavité exquise.

Je reviens à moi, légèrement honteuse d'avoir emprunté leurs chemins intimes. Je les regarde. On sent cette insouciance tenace, cet espoir qui leur fait croire chaque fois qu'elles peuvent être l'Élue.

C'est mon tour. Je rentre dans un rez-de-chaussée rudimentaire. Une pièce vide, un paravent, un homme. Il est obèse.

Sur une table dans le coin de la pièce, il a disposé avec soin un tas de publicités de la marque. Étrange. Comme s'il cherchait à se donner une crédibilité. Il regarde mon book et me tend un maillot de bain une pièce bustier à essayer derrière le paravent.

Je suis en équilibre sur une jambe, tentant de ne pas laisser dépasser un morceau de fesse. Je peine à enfiler le maillot de bain, considérant le peu d'amplitude que cette cabine de fortune veut bien m'offrir. Entre ses lattes de bois, j'entrevois un regard jeté sur moi. L'étranger cherche ma nudité. Il me rend ce que je viens de faire aux autres demoiselles. Mais dans une tout autre réalité. Ses petits yeux boursouflés par la graisse de ses joues bosselées et rougeaudes se pointent sur moi avec perfidie. Je sors. Il me prend en photo. Face, dos, profils. Comme dans un vrai casting. Il prend mon composite, mon numéro de téléphone et me demande mes disponibilités pour ce week-end.

Ni pro ni amateur. Je n'arrive pas à le cerner. Sa dérangeante silhouette ventripotente ballotte de droite à gauche. Sa chemise humide de transpiration est tendue au maximum dans son pantalon à pinces. Ses petites jambes difformes piétinent comme une marionnette excitée. Sa laideur est embarrassante.

Ses doigts grassouillets tripotent mon composite. Il s'essuie le visage avec un mouchoir sali. Il a la rougeur des gens trop gros, l'érubescence du poids, de la fatigue, du souffle coupé. De la honte peut-être. La sordide idée qu'il fasse ce casting pour côtoyer de jolies jeunes filles qu'il ne pourra visiblement jamais s'offrir m'encombre l'esprit.

Il ouvre son Mac posé sur le coin de la table et me montre le dernier défilé balnéaire de la marque. Il reste très mystérieux.

Il m'englue dans une incapacité de jugement. Est-il un imposteur ? Il me berce entre diverses opinions. Est-il sérieux ? Comme s'il me programmait à distance pour m'empêcher d'entrer dans son petit monde intérieur.

14 h 33. Mon portable sonne. C'est l'étranger. Il m'annonce que j'ai été retenue pour la prise de vue, mais il veut passer en direct, sans l'agence. Neuf cent cinquante euros pour un jour de shoot dans une villa dans le Sud. Nous partons le vendredi soir et nous dormons sur place pour capter la lumière de l'aube. Il me donne rendez-vous le lendemain avec le photographe et la maquilleuse pour la présentation.

Nous raccrochons. Une multitude de questions à la Sherlock Holmes s'emballent dans ma tête. Pourquoi une si grande marque traite-t-elle en direct et non par agence ? Pourquoi avoir fait ce coup bas à Fashion Top ? Pourquoi Fashion Top et pas Marilyn ou Metropolitan ? Pourquoi seulement 950 euros pour tout un catalogue balnéaire très haut de gamme ? Si je dors sur place, que va-t-il m'arriver ? Si j'accepte, mon agence va-t-elle le savoir et me renier ? Dois-je accepter ? Dois-je dénoncer ? Dois-je enquêter ?

Comme je ne veux pas manquer une telle opportunité (si elle s'avère correcte), j'enquête. Apprentie journaliste oblige.

J'appelle le siège de la marque de lingerie. J'obtiens enfin la personne qui saura me répondre.

– Non, mademoiselle, il n'y a aucune prise de vue balnéaire prévue cette semaine.

La réponse me pétrifie.

– Prévenez-nous, mademoiselle, si quelqu'un se fait passer pour nous. C'est inquiétant.

J'ai donc bien affaire à un arnaqueur. J'appelle immédiatement Fashion Top. J'explique à Séverine qu'il m'a proposé de passer en direct, que ce shooting n'existe pas, que c'est un gros vicieux libidineux. La bookeuse n'a effectivement pas eu de nouvelles de l'étranger.

– Il avait l'air correct quand il est passé à l'agence. Il m'a donné sa carte et a présélectionné des filles.

Tout le monde peut falsifier une carte, me dis-je. Fashion Top n'avait donc pas vérifié ces informations et n'avait pas trouvé la démarche étrange de la part d'une si célèbre marque. Le manque de professionnalisme de mon agence m'avait déjà bien révoltée dans le passé, mais à cet instant même, je suis stupéfaite. D'autres jeunes filles peuvent se retrouver en grande difficulté.

– Je vais lui téléphoner et je te tiens au courant, Amandine.

L'inquiétude ne semble pas l'assommer.

Seule dans mon appartement, mon portable à la main, mon téléphone fixe dans l'autrc, les scènes hypothétiques se multiplient dans mon esprit, se frappant d'une paranoïa bien légitime. Je me vois déjà violée et droguée dans une villa à Nice, entourée d'un photographe pernicieux et d'un obèse scélérat.

Des frissons me transpercent. Mon intestin se plie et replie sur lui-même. Les scénarios que je m'écrivais en partant à ce casting n'étaient plus les mêmes. Je suis écœurée et j'ai surtout peur pour les autres.

Je décide d'appeler l'étranger. Son numéro s'est affiché tout à l'heure. J'aimerais voir si ce n'est pas par grand hasard le poste d'un des bureaux de la marque de lingerie. Je dois recouper mes informations.

– Bonjour, Société Carvax, j'écoute.

– Bonjour, madame, j'aimerais parler à la personne qui a fait un casting pour un catalogue de maillots de bain ce matin.

– Ah ! vous faites erreur, mademoiselle.

– Quel genre d'entreprise êtes-vous, s'il vous plaît ?

– Nous faisons des cravates.

– Seulement des cravates ?

– Absolument pas de maillots de bain, en tout cas, mademoiselle.

– J'ai vu quelqu'un de chez vous pour un casting ce matin. Il m'a appelée de ce numéro.

– Vous en êtes sûre ? Je ne vois pas du tout qui cela pourrait être, mademoiselle. Je sais tout ce qui se passe ici.

Sa réponse est d'une franchise imparable. Elle a le ton clair de l'ignorance.

– Excusez-moi, j'ai dû faire erreur. Je vous remercie. Au revoir, madame.

Le dialogue est exhaustif. L'étranger l'est aussi dans la lingerie de luxe.

Deux heures ont passé et Séverine ne m'a pas fait signe ; les trois autres filles hantent mes pensées. Je décide de la recontacter.

– J'ai essayé deux fois. Il ne répond pas. Ne t'inquiète pas, Amandine, il ne va rien se passer.

– Et les autres filles qu'il a bookées !

– Mais non ! Elles ont dû comprendre comme toi. Si j'ai des nouvelles, je te préviens. Allez, ciao.

Son indifférence frôle le sadisme. Elle nie toute sa responsabilité ; elle n'a jamais été aussi pitoyable à mes yeux. Je pousse un cri d'horreur. Je ne peux pas faire confiance à mon agence de mannequins. Ma propre bookeuse me met en danger ! J'ai visiblement plus de lucidité qu'elle ! C'est une aberration. Je prie pour les autres filles. Je me remémore leurs traits dans les moindres détails, la couleur et la matière de leurs cheveux, leurs attitudes singulières. Je prie pour qu'elles n'aient pas été retenues, que l'étranger ne les ait pas appelées. Je prie pour qu'elles aient la clairvoyance, que le prestige de la marque ne leur fasse pas accepter cette proposition. Je prie pour que les 950 euros ne les convainquent pas de partir. Je prie pour que l'éblouissement des paillettes ne les fasse pas sombrer dans une torpeur obscure.

21

J'ai moi aussi joué l'indifférence face à Fashion Top durant des semaines. Séverine ne m'appelait presque plus à cause de l'épisode de l'étranger. Je devais être trop alerte pour elle, trop éveillée peut-être. Elle cherchait à me faire comprendre où était ma place. Je ne devais pas être plus pertinente qu'elle, ni sous-entendre un quelconque manque de professionnalisme de sa part.

Au bout de six mois d'absence, elle m'appelle afin que j'envoie mes dernières photos pour actualiser mon profil. Ma réponse émane de moi comme un flux intense, libérateur et orgasmique.

– Non, je ne vais plus travailler avec vous. J'ai intégré une nouvelle agence.

Après trois ans et demi de loyaux services, Amandine G. se casse ! Je jubile. Et raccroche sans même attendre un au revoir vexé de sa part.

Je suis donc entrée dans une nouvelle agence, spécialisée en publicité TV. Les bookeurs sont pros, les budgets sont en moyenne de 1500 euros par jour, les clients sont plus prestigieux. J'enchaîne les castings, plusieurs par semaine, voire par jour, bien différents de ceux que j'avais l'habitude de faire. La perfection n'est plus la quête de ces castings. On cherche la fraîcheur, la spontanéité, l'aisance. Physiquement, il ne faut plus incarner une perfection, mais une « catégorie » : l'ado en pleine santé, la jeune fille glamour, la mère de famille classique et souriante.

Je pars à mon premier casting pour une publicité télévisée. C'est une marque célèbre d'aménagement mobilier à petits prix. Il n'y a aucun texte à apprendre. Lorsque j'arrive à la maison de production pour le casting, on me montre le story-board placardé au mur. Il faut faire un strip-tease.

Le synopsis est burlesque : une jeune femme, la vingtaine, bien dans sa peau, fait un strip-tease à son petit ami (aucune nudité visible à l'écran). Pendant l'effeuillage sexy, l'étagère qui se trouve derrière le garçon lui tombe dessus et l'écrase brutalement. La fille, face à cette scène terrible, hurle et part en courant. Son copain est écrabouillé sous l'étagère. Slogan : *Avec Klürgg, votre mobilier ne vous gâchera pas la vie.* Je rêve de décrocher un spot TV. Le budget est plus qu'alléchant. Mais j'ignore que je vais devoir me déshabiller – ma bookeuse ayant sournoisement préféré jouer des euphémismes.

Je n'ai pas pris mes dispositions : j'ai un string transparent et un soutien-gorge dépareillé en coton gratté. La directrice de casting me récupère dans la salle, un autre story-board à la main.

– Tiens, prends ce peignoir. Tu peux te changer dans la petite pièce, là.

Elle pointe du doigt une porte entrebâillée, laissant apparaître une chaise en rotin vide.

– Merci. Je me mets en sous-vêtements ?

– Oui.

Elle retourne finir le casting de la cinquante-sixième. Je n'ai pas le temps de lui expliquer mes indispositions sous-vestimentaires.

– C'est à toi.

J'entre dans le studio. Une caméra de plateau de cinéma fixe mon peignoir blanc, et deux gros éclairages illuminent mon visage telle la Sainte Vierge. Je suis d'entrée suspectée. Serai-je la bonne ? L'égérie télévisée ?

– Bonjour, Amandine, présente-toi.

– Bonjour, je m'appelle Amandine, j'ai 21 ans, je viens de l'agence On Air, je suis française...

– OK, tes profils. Tes mains. Tu as vu le story-board ?

– Oui.

– OK, je vais mettre un peu de musique et tu vas faire comme si tu faisais un strip-tease à ton chéri. N'hésite pas à en faire trop. Regard caméra toujours.

Ses propos résonnent comme une comptine qu'elle a dû chantonner un nombre inimaginable de fois depuis ce matin. Ses gestes sont précis, instantanés. Des réflexes. Elle presse des boutons, réoriente sa caméra, vérifie le retour écran, me tend une ardoise sur laquelle est inscrit 57[E] AMANDINE G. Elle semble être branchée à un appareil électronique. Son cerveau s'est mis en mode automatique. C'est peut-être un androïde, une de ces femmes fictives avec des piles dans le dos.

La musique s'élance bruyamment dans le studio froid. C'est *You Can Leave Your Hat On* de Joe Cocker. On est en plein *9 semaines ½*.

C'est à cet instant même que je dois sortir de moi, craquer mes carcans, enterrer mes complexes, faire fondre ma timidité et mes inhibitions. C'est maintenant que je dois agir comme si j'étais sous emprise de drogue, comme si l'alcool ou la coke avaient ouvert mon corps. Lorsque s'actionne le bouton *On* de la caméra, ma sensualité doit se mouvoir et habiter tout, mon être subjuguer l'objectif, séduire la femme-robot. Je dois m'aliéner, devenir le personnage de la bande dessinée, la fille de la pub. Mes hanches commencent à danser avec pudeur au rythme des notes émanant du *ghetto blaster*, mes bras se lèvent lentement au-dessus de mon visage, caressant mes cheveux blonds, ondulant avec délicatesse. J'ouvre les lanières de mon peignoir, imaginant la scène qui se déroule dans le retour écran. Ma pusillanimité doit irriter la femme-robot. J'inspire et décide de m'oublier, le temps de ce casting. Jouons. Mes lèvres esquissent un sourire enjôleur, je fixe l'objectif d'un regard langoureux, mon corps se libère de son linceul. Mes paupières se ferment, le peignoir glisse sur mes épaules et tombe à terre. Ma félinité a emprisonné ma gaucherie. Je dégrafe mon soutien-gorge, dos à l'écran, le lance avec sauvagerie sur le côté, continuant de fixer amoureusement la pupille de la caméra. Je vrille de face, les mains dissimulant ma poitrine, m'avance avec stupeur et pousse un hurlement d'horreur.

– C'est OK.

Je demande, un peu honteuse :

– Ça a été ?

– Oui, me répond la femme-robot.

Je perçois l'expression d'un certain cynisme sur le visage de la stagiaire à ses côtés. Elle se sent si intelligente face à moi qui viens de me retrouver presque nue pour gagner ma vie. Elle me voit sale, immorale, légère. Tout se lit sur son regard. Elle ne peut pas tricher, mais en est inconsciente. J'ignore si ma prestation correspondait aux traits de crayon noir du storyboard. Cette ignorance me balance maladroitement dans le doute qui va ruminer encore quelques minutes, voire quelques heures dans mon esprit.

La directrice de casting me sourit bizarrement. Peut-être me suis-je fouettée d'une honte intersidérale ? La plus grosse honte de ma vie. Je ne sais pas. Celle qui vaut toutes les hontes de mon carnet de hontes. Le hit de la honte. Celle du top 3, de la compile, du best of. Le tube. Celle qui te fait gagner le pompon rouge de la fête foraine. L'humiliation extrême que se remémoreront régulièrement l'androïde et la stagiaire pour se rassurer sur leur supériorité. Celle qui rend légitime le fossé social entre elles et ces petites mannequins. Peut-être même qu'au dérushage, elles passeront la séquence au ralenti pour faire glousser le réalisateur. Je ne sais pas.

Pour 2400 euros la journée de tournage, je me moque de leurs élucubrations potentielles. Je peux gagner en un jour ce qu'elles mettront tant de réveils à régler. Et l'argent était bien tout mon pouvoir dans cette affaire.

22

Le surlendemain, alors que j'attends passivement mon tour à un autre casting, mon portable sonne :

– Bonjour, Amandine, c'est Virginie de chez On Air. Je t'appelle, car tu es en option pour la pub Klürgg. Vous n'êtes plus que trois filles.

En option. Je suis en option ! Parmi la centaine de filles qui s'étaient dénudées avant-hier au Studio Cherry, j'ai fait un des trois plus beaux épluchages. Je suis tellement fière ! Elles n'avaient peut-être pas tant gloussé avec le réalisateur. Je devais raturer cet épisode de mon carnet de hontes. Ce n'en était plus une. J'ai le sourire du triomphe dans la grande salle de casting où je me trouve.

Je me projette déjà sur toutes les télévisions, dans tous les salons des Français, héroïne sexy de la pub de meubles. J'allais être sublimée, retouchée, maquillée, magnifiée ! Ma famille allait être si fière de moi, mes amis, impressionnés, et mon copain, admiratif de pouvoir embrasser, lui seul, la fille en sous-vêtements du petit écran. Je visualisais déjà le plateau de tournage : une équipe luc-bessonienne autour de moi, trois maquilleuses et des dizaines de techniciens affairés à régler la bonne lumière. J'imagine mes amis et surtout mes ennemies qui vont me découvrir à l'écran, un dimanche paisible, affalées sur leur canapé. Écœurées. Elles le seront certainement. Ces petites pestes du collège, du lycée et de mon école de journalisme.

Ces garces qui se sont tant moquées de moi lorsque le directeur m'a fait poser pour l'affiche de l'école en quatre sur trois.

Cette photo grandeur nature où mon sourire commercial, pour le coup, et la pile de livres que je tenais dans les bras faisaient figure de la parfaite étudiante des premiers rangs, pleine de zèle, que l'on a toujours eu envie de claquer aux interclasses. Car elle nous rappelait trop ce que l'on n'était pas : la meilleure.

Et cette somme d'argent ! Deux mille quatre cents euros pour un unique jour ! Je pouvais partir faire une virée shopping à New York pour ce prix. Mon esprit est dans le ravissement le plus complet. Mon âme a rejoint le paradis, j'entends au loin le chant ensorcelant des naïades, le cliquetis du ressac, des vagues chaudes et translucides et le bling-bling de ma future montre Chanel.

Enfin remerciée pour tous ces castings et expériences immoraux, enfin choyée à ma juste valeur. Enfin là.

Mais, hélas, j'avais omis le mot « option ». Et une option n'est en rien une certitude. Le lendemain, On Air m'appelle. La bookeuse a un ton fuyant. Ce n'est pas moi. La petite étoile s'éteint comme une ampoule qui vient de griller. Déconnectée, désillusionnée, désabusée. C'est une déception de plus. Mais celle-ci me fait plus mal que les autres. Mes paupières se ferment, ma gorge se serre, je prends une longue inspiration. Je ne veux pas me laisser abattre. Mais malgré moi, tous les castings où je n'ai pas été retenue défilent dans ma tête comme la liste de tous mes échecs. La preuve que je ne suis pas belle, pas à ma place. Tout simplement.

Les affiches pour la marque de sport, la pub pour le savon bio, la crème pour le corps, l'édito pour *Marie-Claire,* le défilé balnéaire, la doublure de Scarlett Johansson, le spot pour la marque de lingerie, la photo pour l'autobronzant, le tournage pour la marque d'amincissants, les trois jours en Afrique du Sud, le shampooing ultra-soyeux, le showroom *street wear*, les 2400 euros…

C'est ainsi que l'option devient ma pire amie. Amie, car je suis piteusement fière d'en devenir une, option. D'être dans les meilleures, d'avoir retenu l'attention et surtout d'être dans les prémices du contrat à quatre chiffres. Mais *pire* amie, car il n'y a rien de plus douloureux que d'y croire et de se faire rejeter au dernier moment. Puis il y a eu cette période où je cumulais les options. Dans le trio de tête pour la grande campagne de lingerie, deuxième pour la pub TV en surfeuse sur la plage, nominée pour les photos exotiques aux Seychelles… Des propositions de rêve, effleurées du bout des doigts, qui m'ont affreusement abattue.

J'aurais pu me sentir poussée, soutenue, comme montée enfin dans le train des mannequins qui vont s'en sortir. Je l'ai été, au tout début. Je me disais *La prochaine est pour moi, Je le sens, ça va venir !* Puis une, deux, quatre, six options…

À croire qu'il me manquait le détail qui faisait la différence. Le truc. J'en ai fait une obsession. Je cherchais, quelque temps après les castings où j'avais été retenue, la fille qui honorait finalement le contrat. Je bloquais alors rageusement devant une page de magazine ou une pub télé, fixant pathétiquement le visage de mon adversaire. Celle qui était allée jusqu'au bout. Celle qu'on *voyait* et qui avait empoché la somme à quatre chiffres.

Je ne la détestais pas. Non. Je la jalousais les premières secondes, et la tristesse s'emparait de moi pour noyer toute l'amertume que je pouvais ressentir envers elle. La déception et la flagellation étaient devenues l'apanage de mon quotidien.

Le temps filait. Je me regardais de plus en plus dans le miroir. Cherchant l'imperfection qui devait me faire défaut chaque fois. Lorsque j'avais listé tout ce qui pouvait être la source de mes nombreux échecs, une envie de vomir et un terrible dégoût de moi m'envahissaient.

Cela commençait bien évidemment par ma taille, qui me faisait culpabiliser à outrance. Et même lorsque le casting ne demandait en rien une taille précise, je fixais cette idée dans ma tête : 1 m 70, quelle atrophie ! C'était devenu ma hantise.

Puis c'était au tour de mon nez. Cette petite forme trop arrondie, trop maladroite, comme un nez d'enfant qui n'a pas grandi, pesait en moi telle une insulte au métier que je voulais exercer. Ensuite venaient les jambes ou les fesses, et tout ce qui était critiquable. Puis c'étaient mes mains. Abominablement imparfaites, pas assez comme-ci, et des ongles loin de ceux des pubs beauté.

Lorsqu'il m'arrivait de les ronger, submergée par le stress d'une option perdue, la culpabilité me faisait rougir de honte. J'arrivais à me persuader que j'étais laide. Je m'inventais un miroir déformant, je chaussais des lunettes pour myopes alors que j'étais astigmate. Les informations de ma rétine ne voyageaient pas jusqu'à mon cerveau sans passer par la case « casting ». Je ne voyais pas Amandine, je voyais Amandine G., la fille imprimée que je m'empressais de photoshoper pour coller aux diktats des magazines féminins.

Voilà comment je me détruisais. Comment j'étais capable de me détailler après avoir échoué à un casting. Comment je pouvais sortir de moi et me frapper à coups de fer chaud, me brûler profondément à chacune de mes critiques. Après cette dictature sur mon physique, c'était au tour de ma personnalité. Lorsque je n'étais pas retenue à un casting où il fallait jouer la comédie, danser ou prendre des poses, je me flagellais aussi. Ma timidité devenait la bête noire. Cette timidité que j'avais inconsciemment bousculée en choisissant de devenir mannequin. Je n'étais pas assez à l'aise devant la caméra. Les autres filles avaient sûrement été plus naturelles, plus souriantes, plus décontractées. Ce n'était pas possible qu'à plus de 20 ans je sois encore empotée devant un objectif ! Je n'étais décidément bonne à rien.

Les pleurs, la rage, le sentiment d'injustice m'enlisaient dans une boue malsaine que je continuais d'alimenter malgré moi. Je ne savais plus comment gérer tout cela. Mais je continuais, accrochée à un espoir salvateur. Je suffoquais de mal-être, continuais les castings, attendais les réponses, réceptionnais les critiques avec une carapace trouée. Je crevais comme un animal sauvage, malmenée dans un monde qui m'était profondément étranger et qui luttait pour survivre sans les bonnes armes. J'étais l'Indien sur son cheval fatigué face à la toute-puissance nucléaire !

23

Maigre conclusion que de réaliser qu'au bout de trois ans, aucune grosse campagne ne m'était destinée. Indéniablement trop petite pour intéresser une grosse agence, j'enchaînais les jobs d'été de la mode. Même en pub, mon salaire n'était pas très glorieux. Quelques défilés lingerie par-ci, des shootings catalogue par-là, des showrooms... Rien de très gratifiant.

J'étais devenue un rebut de mannequin.

À 22 ans, je suis en préretraite. Dans trois ans, ma carrière se limitera aux pubs de lessive et de sachets lyophilisés. Ma première ride au coin de l'œil droit m'indique que le sablier est presque vide. J'ai perdu la fraîcheur de mes 18 ans, l'arrondi innocent de mon visage vierge. À 22 ans, je me sens vieille et obsolète. Je commence à me dire qu'il est temps de mentir sur mon âge et de me faire un devis pour des injections de Botox. Dans trois ans à peine, je serai rangée dans la catégorie « maman » et l'on me demandera de montrer l'exemple aux autres aux répétitions de défilés. Mais l'histoire ne peut se conclure ainsi. Ma détermination ou ma mégalomanie – appelons cela comme on veut – va m'emmener jusqu'à la création de mon propre site Internet.

C'est Jarnix, un de mes amis parisiens, qui en est l'unique responsable. C'est Jarnix, développeur de sites Internet de mode, dont les 10 doigts sont greffés en permanence à un clavier électronique et dont les lunettes de vue sont équipées d'un film anti-ondes magnétiques spécial PC, qui eut cette idée de génie. Oui, ce cyberermite, ce jeune hybride qui tape sur les touches comme un pianiste, m'a trouvé une porte de sortie. Une porte de sortie ou une sortie de secours, mais une manière respectable de finir une carrière avec les honneurs.

Enfin…

Amandine.com a un mois. Son affluence fait rêver. Me fait fantasmer. Tous les jours, une vingtaine de messages infiltrent ma boîte mail. Des admirateurs, des amateurs, des pros, des obsédés sexuels… Les messages à jeter se suivent par milliers.

Je m'amuse, orgueilleusement, à les classer par genre.

Il y a les gores :

Amandine tes sein m'exite. T libre ce soir ? sui brun, 43 ans, j'aim le sex et les partouz.

Les pseudo-romantiques :

J'ai jamai vu une femme aussi bonne que toi. Tes fesse sont dodu com un abricot charnu.

Les amoureux transis :

Amandine, comment te dire que ton regard m'a ébloui dès que j'ai vu tes photos. Tu es d'une beauté incomparable. Tu es la Vénus de Milo. Je fonds. Je suis tombé sous ton charme inné, ton corps sans défaut... Je veux te couvrir de fleurs...

Ceux qui ont trouvé la parade :

Je trouve ton site très pro. Tu captes la photo très bien. Tu as un vrai truc avec l'objectif. C rare. Tu veux poser pour moi ? Je suis photographe. Fabien.

Ceux qui ont tenté de copier Lagarde et Michard, sans conviction :

La beauté est une arme sans faille dans le cœur déchu d'un homme sans âme. Les prémices d'une rencontre ne sont-elles pas l'éveil d'un sentiment méconnu ? Gérard. 35 ans.

C'est après ce genre de lectures que je mesure l'hypocrisie des hommes face à des fesses légèrement dévoilées. Je fais le tri. Certains m'invitent à visiter leur blog, leur site de « photographe ». Mon cerveau est quotidiennement affublé d'images navrantes, de photos grossières, de clichés vulgaires. Je pouffe. Un nombre impensable de femmes aime poser sur des canapés en polyester en culottes taille 46. Elles ont l'air de jubiler. Les books de ces photographes sont les photos érotiques des Bidochon en vacances. Bobonne devant le rideau, en string rose fuchsia et chignon banane. Sa cellulite déborde de ses bas serrés sur ses jambes saucissonnées. Le soutien-gorge est à vomir. Les talons ont été dégottés dans une braderie Guerrisol, sans le côté vintage. Et le make-up vaut celui d'une prostituée dans les backrooms d'un club ringard. Deuxième photo : Bobonne a revêtu sa robe de cocktail. Les jambes écartées sur un tabouret en paille tressée, elle tente une pose mode. La main dans les cheveux blonds javellisés, les faux ongles s'agrippant aux bas résille, la bouche en cul de poule, je visualise le degré d'élégance du photographe. Sûrement un Gui. Je m'imagine à la place de la femme. Devant la cheminée en similipierre de cet amateur obscène, en lingerie Skaï avec un fouet à la main. Quel siphonné pouvait bien me faire ce genre de propositions ?

Au fil des jours, des messages sérieux apparaissent. Jarnix a eu la pertinence de mettre des liens Internet dans des sites reconnus. *Amandine.com* étant assez chic, quelques gros clients m'ont contactée pour participer à leur casting. Mon activité redouble. Je signe des journées très bien payées. Deux agences spécialisées en pub TV me recrutent. Jusqu'au jour où Maxt, agence de mannequins internationale, de notoriété mondiale, m'envoie un mail.

24

Rue de Rivoli. Le tapis rouge de l'escalier se déroule devant moi comme une première marche vers la gloire. Les vitres de l'ascenseur sont briquées au coton-tige. J'appuie sur 4ᴱ ÉTAGE. Les touches sont brillantes. Elles n'ont pas l'usure qui efface le chiffre au fil du temps. Elles sont parfaites.

L'ascenseur s'élève avec douceur et silence. Je me recoiffe dans le miroir étincelant. Quatrième étage. Les portes automatiques s'ouvrent. Une déesse sortie d'un *James Bond* attend. Son book à la main, elle apparaît devant moi comme une fée. Sa beauté me fait rêver. Des jambes d'une finesse exquise, une peau lisse et rosée, un petit nez droit, des yeux surnaturels.

Je la croise pour me diriger vers la plaque dorée aux lettres incrustées : *MAXT MODEL MANAGEMENT.* Je tends mon doigt pour presser la sonnette lustrée. La porte s'ouvre avant que j'aie eu le temps de sonner. Un homme me sourit. Un homme ? Un être de race supérieure, une divinité, devrais-je dire ! Grand, mince, musclé, des yeux d'un bleu pur, une bouche de magazine, une allure de gentleman, une peau de catalogue.

Tous les clichés de beauté sont unifiés. Le casting est réussi. Je tombe amoureuse en une infinitésimale seconde.

– Excusez-moi, mademoiselle.

Son accent américain est d'une sensualité enivrante. Cet adonis rendrait irraisonnée toute femme équilibrée ! Le prince charmant qui vous emmène sur son cheval blanc, la cape au vent : c'est lui. Votre homme en kit (yeux de James Franco, bouche de Johnny Depp et torse de Brad Pitt) : c'est lui. Le Ken de vos rêves enflammés de célibataires : c'est lui.

L'homme le plus beau du monde. C'EST LUI. J'entre dans un hall haussmannien, parquet laqué, moulures dix-huitième et miroirs en bois sculpté. J'attends mon tour sur un large canapé en buffle noir, à côté de la porte de sortie.

Jenny, « mon contact », vient me chercher. Elle m'emmène jusqu'à son bureau et me fait patienter sur sa chaise d'invités. Derrière elle, tous les composites des filles sont placardés en ligne droite. À sa gauche, son sosie est pendu au téléphone avec une certaine Jude.

– … vol 842, Roissy-Charles-de Gaulle, 10 h 30 embarquement… Tu attendras Michel, c'est le styliste… N'oublie pas de venir chercher ton nouveau passeport…

À sa droite, quatre bureaux collés les uns aux autres, quatre Mac allumés en permanence et huit téléphones qui sonnent. Une mannequin, assise en équilibre sur l'accoudoir du fauteuil de son bookeur, regarde avec cynisme le book d'une Ukrainienne mineure. Une vieille Brésilienne de 25 ans au short plus proche de la culotte se recoiffe en parlant *fitting*. Une vraie blonde aux yeux en forme d'amande la fixe avec jalousie. Elle lui parle de son *request* pour Lanvin. Un photographe entre, salue tout le staff. Slim et cachemire noirs, perfecto en cuir, Ray Ban par temps de pluie et casque de Ducati au bras, il apporte les planches-contacts du shooting de la *new face* indienne Liya. Mon « contact » attrape sa loupe et commente chacune des images avec l'objectivité irraisonnable d'une bonne bookeuse.

– Celle-ci, on voit trop son nez… Ce profil n'est pas bon. La lumière lui cache trop l'œil. Ce justaucorps ne lui va pas si bien. La pose n'est pas top… Hum…

Elle va donner son avis. Roulement de tambour.

– J'adore cette fille.

Elle passe la planche-contact à son homologue de gauche. Elle exulte aussi. Le photographe sourit. Mais pas trop. Il ne faut pas qu'il donne l'impression d'être rassuré. Il est trop doué pour cela.

Le téléphone du bureau retentit.

– Oui, Ina. Je n'ai pas pu faire autrement. Ils t'ont adorée et ne veulent que toi. *I know...* Tu dormiras dans l'avion… *No.* Pas en business. *Sorry Sweety. Bye bye.*

J'ai dû devenir invisible dans cette pièce. Je crois que j'ai pris la couleur du parquet. Comme les caméléons.

Deux personnes sur 12 m'ont dit bonjour depuis un quart d'heure. Deux hommes. Le bookeur métisse aux dreadlocks impeccables et le stagiaire de l'accueil.

– Allez, Amandine, montre-moi ton book. Tu es chez qui déjà ?

J'ai dû reprendre forme humaine.

– On Air, Modelsplus.

Elle feuillette mon book.

– J'adore tes épaules. Elles sont très fines. Tu as un corps superbe. Tu fais beaucoup de corps ?

Je ne peux pas lui dire que je ne bosse pas beaucoup.

– Oui, de la lingerie.

– Ton grain de peau est parfait. Allez, on va faire des polas. Ludovic !

Ludovic arrive. C'est le seul qui sourit franchement.

– Tu lui fais des polas maillot de bain et tu m'appelles.

– OK, go !

Je ne m'attendais pas à cela. J'espère qu'ils ne vont pas me mesurer. J'ai dit que je faisais 1 m 71.

On m'installe dans une petite salle de bains. On me tend un deux-pièces noir. Et un peignoir.

– Je t'attends dans la salle au fond à gauche, me dit Ludovic.

Je suis en plein rêve. Après l'étape du book, je n'étais pas encore disqualifiée ! Je faisais pour la première fois des polas dans une énorme agence. Je croise des mannequins dans les couloirs. Elles me dévisagent. Une me salue. Je sais que si l'agence me prend, ils m'enverront aux Seychelles refaire tout mon book avec un super photographe. S'ils me prennent, c'est absolument divin. Une agence si cotée, c'est la chance de ma vie ! Je suis tellement heureuse d'être là, dans ce couloir froid, en peignoir trop grand et chaussures à talons, à attendre qu'un assistant photo me fasse trois polas dans une salle vierge. Je suis au paradis !

La miniséance photo se déroule avec peine. Je ne suis pas bien dans mon corps. Effroyablement stressée. Je ne décroche pas un sourire naturel. Ces années, ces mois de découragement, de refus, de désillusions, m'engluent dans une pression énorme. J'ai l'impression de jouer ma vie. Mon bonheur se joue à quatre photos prises dans un immeuble rue de Rivoli. Véritablement, ce que je crois être mon bonheur. Ce que je crois être ma vérité, ma solution, ma vie, mon avenir. Tout au moins. Tout est en train de se jouer en trois clics d'une milliseconde. Si je ne suis pas belle sur ces photos, Maxt ne me prendra pas. Si je ne suis pas belle, ma vie est fichue. Comment puis-je en déduire une telle conclusion ?

Et ce qui devait finalement arriver arriva. Je suis sincèrement convaincue que nous provoquons inconsciemment les situations qui nous bousculent dans nos schémas psychologiques. Des situations alarmantes qui sont les preuves incontestables de notre mal-être. Nous nous faisons dire les phrases que l'on redoute le plus. Nous nous faisons subir ce qui nous hante.

– Amandine, je te trouve très belle, mais en photo, ton nez n'est pas assez symétrique. C'est un détail photogénique rédhibitoire. Je suis désolée.

Lorsque Jenny prononce son verdict, je suis envahie par un sentiment d'injustice insoutenable. Ma vie gâchée à cause de mon nez. L'ironie de la situation est que ma vie d'adolescente avait déjà été gâchée par ce nez que je haïssais.

– Mais ce sont des polas. Regardez sur mes photos, mon nez n'est pas bizarre.

– Oui. Même en vrai, je le trouve très bien ! Mais les polas sont nos bases.

Ce n'était pas ma taille ou mes grains de beauté... comme j'avais pu l'entendre maintes fois dans d'autres castings. Mais un nouveau truc. Une nouvelle source de complexes obsessionnels. Un nouveau handicap. Une nouvelle imperfection honteuse.

Ne voulant pas argumenter sur mon cas comme l'on marchanderait un morceau de viande, et sachant que me défendre dans ce genre de circonstances ne mène à rien, je me tais et retourne dans la petite salle de bains. Les minutes qui défilent le temps que je me rhabille, prenne mon sac, récupère mon book et ferme la porte de cette agence sont les plus pénibles de toute ma petite existence. J'utilise les infimes couches de courage qu'il me reste pour affronter ce milieu et ne pas hurler de tristesse. Je me traîne, ensanglantée, vers la porte de sortie. Mon cœur ronfle de désespoir, mes veines gonflent de rancœur et d'aigreur. Derrière moi coule le malaise des déchirures passées. Derrière moi, les spectres de mes complexes me harcèlent. Je suis anéantie jusque dans mon âme.

Lorsque je ferme la porte de l'agence, descends les quatre étages de tapis rouge en courant, ma gorge suffoque de larmes bouillonnantes. Dans le hall de l'immeuble, je m'écroule sur le rebord d'une marche. Des petits cris de détresse sortent de mes sanglots. Cet épisode de trop a touché l'essence même de mon amour-propre.

25

– Hé ! mais c'est ma blondasse préférée ! Oh ! Amandine !

Il me serre contre son ventre rond et m'embrasse les joues goulûment.

– Tu sais que tu es ma modèle préférée ! Et j'en vois ! Hahahaha ! Ma blondasse ! Allez, en piste ! T'es chaude aujourd'hui ? Haha !

L'ambiance est chaleureuse, mais l'humour, grivois. Cela fait plus de six mois que je viens poser une fois par semaine pour un site Internet de ventes privées. J'ai été bookée via *amandine.com*, à 300 euros net les 5 heures de shooting.

Ici, c'est l'usine. On travaille à la chaîne. Quarante-cinq pulls à prendre en photo en un après-midi. Le matin vers 9 h 15, pendant que je me fais maquiller, la marchandise est livrée. Toutes les fins de série arrivent dans 10 gros sacs, empilés sauvagement. Les tailles sont sans exception trop grandes pour moi et l'on m'accroche deux pinces à linge dans le dos toute la journée. Je mets 1 heure 10 minutes pour me rendre au studio en prenant un train de banlieue à 8 heures à Saint-Lazare. Je passe au make-up et à la coiffure pendant 30 minutes, et la séance d'essayage de 5 heures commence. Je me change derrière un paravent ridicule 45 fois dans la journée. On voit mes tétons 40 fois par jour et ma ficelle de string chair 30 fois. Trente fois, car, parfois, il y a un pantalon pour deux pulls différents.

Le photographe réalise 400 photos, réparties sur deux cartes mémoire. Il vide deux fois ces photos sur son Mac pour s'assurer qu'elles sont bonnes. La styliste – ou plutôt la dame à tout faire – repasse tous les vêtements deux fois avant que je les enfile. On n'accepte aucun pli. Pendant la séance, le photographe s'avance sept fois pour m'enlever les microplis restants. Je fais six poses à chaque modèle. En pied, portrait, détails. Même chose de dos. Mes talons doivent piétiner 1046 fois le cyclo blanc qui devient gris au bout d'une heure. Ça fait enrager le photographe. Il s'appelle André. Il a 46 ans. Ça fait cinq ans qu'il shoote des ventes privées. Cinq par semaine, 6 mannequins, 20 heures de retouches, 2000 clics.

André porte des mocassins en peau de nubuck d'Andalousie. On dirait des charentaises. André vient d'acheter une chemise dans une boutique luxueuse ; on dirait qu'elle vient du marché aux puces. Il prend en photo de sublimes jeunes femmes et ajoute des effets très kitsch sur Photoshop. Son book ferait fuir tout directeur artistique un peu alerte. Il est cultivé, mais son second degré désarmant gomme tout trait d'esprit. Il a la chevelure hirsute et la barbe négligée des branchés, mais on dirait le père Noël. André ne sera jamais un vrai photographe de mode.

Loin des shootings lambda, les prises de vue pour les ventes privées sont toujours ponctuées d'imprévus.

À cinq minutes de la fin :

– Oh ! il reste encore 14 tee-shirts. Je les avais pas vus !

Après m'être rhabillée pour rentrer chez moi :

– Amandine, on va reshooter le jean brut. Les photos sont floues !

Ou encore :

– Tu fais du 34 ? Mince, toute la collection est en 38 !

Autant dire que ce genre de shooting regroupe tous les critères pour concourir au prix du shooting-le-plus-loin-de-l'idée-que-l'on-puisse-s'en-faire. À ce stade-là, où il faut le vivre pour le croire, on ne peut plus utiliser le terme « shooting ». On ne peut décemment pas nommer une prise de vue avec Lagerfeld et Mondino du même nom qu'avec Damart et André. Dans ce type de cas, l'UNAM (le syndicat des agences de mannequins) devrait breveter un nouveau mot ou rajouter un complément de nom au mot « shooting » pour préparer psychologiquement la mannequin à ce qui l'attend. Par exemple : prises de vue ignobles en rafales ou séances de photos accélérées de bouses immettables ou, soyons snob, shooting à gerber pour ménagères Tupperware.

J'imagine ma bookeuse m'appeler avec sa voix si féminine, si gracieuse :

– Salut, c'est Virginie, de chez On Air. Demain, tu as été bookée pour une prise de vue ignoble en rafales. C'est 300 euros la journée. N'oublie pas ton string chair !

Ou encore Imane, de Modelsplus, avec sa froideur exécrable de grand bookeur parisien :

– Amandine, demain tu as rendez-vous au studio d'André pour une séance photo accélérée de bouses immettables. Sois à l'heure.

Voire des mannequins discuter ensemble à un casting :

– Ouais, hier j'avais un shooting GMT. C'était pas très fun. Je suis crevée.

– GMT ?

– Ouais un shooting à « gerber pour ménagères Tupperware ». TU CONNAIS PAS ???

Des shooting GMT, j'ai eu l'occasion d'en faire pour d'autres sites Internet. Mais ailleurs, André n'était pas là pour détendre l'atmosphère et choyer ses mannequins. Ailleurs, ce type de shooting est infernal. La source du problème est simple à comprendre : si l'on se retrouve dans ces shootings bas de gamme, c'est que l'on est une petite mannequin sans avenir. Et les mannequins sans avenir, on les traite sans respect. On les méprise, on les bouscule, on les critique. Ouvertement.

– Cette photo est d'une nullité ! Moi, je veux ça ! dit le directeur en pointant du doigt une photo d'un catalogue de lingerie haut de gamme.

– Attends, on ne peut pas faire ça ! Dans ces cas-là, tu prends des tops, rétorque le photographe.

Je suis debout derrière eux, un peignoir sur mon ensemble de lingerie à shooter, regardant sur l'écran du Mac la dernière photo que nous venons de faire. J'ai envie de lui enfoncer mon poing dans la gueule ! Au lieu d'avouer qu'il ne sait pas retoucher une photo, qu'il n'y a pas de maquilleur ni de coiffeur, que l'éclairage laisse à désirer et qu'il n'a pas une once d'âme créative, il dit implicitement que c'est moi qui suis trop laide. Je prends sur moi. Pendant quatre jours. À photographier toutes les collections de lingerie qui existent sur terre.

Évidemment, je me change derrière un rideau brinquebalant. Évidemment, j'enlève moi-même les étiquettes et remets tous les ensembles sur les cintres.

– Mademoiselle, vous avez mal rangé la lingerie ! Je m'y retrouve plus dans mes cartons. Vous exagérez !

Une vieille frustrée, morte de jalousie, me cherche des noises.

– Pardon ? Je suis mannequin, je vous rappelle, pas styliste ni femme de ménage ! Et je suis déjà en train de les remettre sur vos cintres ! Vous voulez poser à ma place ?

Je vais lui faire déjeuner ses cintres.

– Mais…, heu… C'est qu'après chuis perdue dans mes cartons…

Sa voix est devenue doucereuse.

C'est au photographe d'en rajouter, une heure plus tard.

– Bon, Amandine, tu n’as vraiment pas assez de poitrine !

– Mes mensurations sont sur mon composite. Si vous vouliez des ballons gonflés à l’hélium, fallait en prendre une autre !

Je suis méconnaissable. J’ai muté en Black Mamba. Je fais jaillir de derrière mon dos mon sabre bien aiguisé.

– Oui, oui… Ne le prends pas mal…

Le lendemain, son assistant prend le relais.

– Tu fais vieille sur les photos. C’est bizarre… T’es mieux en vrai.

– Il n’y a ni maquilleur ni coiffeur ! Tu fais des gros plans sur le visage et tu aimerais avoir un portrait d’Annie Leibovitz avec ton éclairage et ton studio de Playmobil !

Silence. Ses sourcils ne sourcillent plus. Mon sabre a encore visé juste.

Au bout des quatre jours, le directeur délétère vient faire un checking. Son long nez de fouine et ses cheveux asphaltés par la brillantine lui donnent des airs de gangster has been. Il se prend pour un vieux beau avec ses santiags en croco et son jean en stretch qui lui dessine même le slip.

Il regarde l’écran et les séries que nous avons faites.

– Je n’aime pas. Il faut tout refaire. J’avais dit chic, bon sang !

Il me toise, condescendant à en crever.

– Vous qui êtes dans la mode, vous avez du goût, non ? Vous ne savez pas ce qui est beau ou quoi ?

Je le fixe avec exécration, comme je n'ai jamais osé regarder personne d'autre avant sur terre. Je suis au bord de l'implosion.

– Avec de la merde, on fait de la merde, monsieur slip en croco ! Je n'ai jamais vu autant d'amateurisme et de mauvaise foi ! Si vous ignorez qu'on ne fait pas des photos avec son trou de balle, ce n'est pas ma faute !

Je suis d'une vulgarité suicidaire. Les quatre jours de shoot sont remontés dans ma gorge et se régurgitent comme du vomi.

J'ôte magistralement mon peignoir d'un geste vif et le balance sur le sol en béton. Je suis en culotte en dentelles et push-up.

Tous les yeux sont rivés sur moi. Je secoue violemment les deux pieds pour faire tomber mes talons aiguilles. Personne n'ose me répondre. Surtout dans une telle tenue. Je saisis mon sac, mon jean et sors du studio, le sang brûlant de colère. En sous-vêtements, je parcours les couloirs glacés de l'entrepôt telle une furie. Les employés sont subjugués : presque nue, mais tellement fière !

26

Virginie de chez On Air m'a laissé un message pour un casting. Une pub corps pour le cinéma. Il faut se rendre à l'agence à 14 h 15 avec un ensemble de lingerie pour voir les clients. Ils en sont déjà à un deuxième casting, car ils n'ont trouvé aucune fille qui leur plaisait. Je me demande pourquoi mon agence ne m'a pas appelée la première fois. *Wanted* : fille mince avec fesses rebondies et poitrine intermédiaire. Belle peau sans marques de bronzage. Blonde, cheveux mi-longs. 20/25 ans. Joli sourire.

Savoir bien marcher et être à l'aise en lingerie sur un plateau. C'est 7000 euros la journée si on est reconnaissable et 700 si on ne l'est pas. Il suffit que le réalisateur nous mette des lunettes de soleil pour perdre un zéro sur notre salaire. Il suffit que le cadreur ne filme pas nos yeux pour voir 6300 euros s'envoler. Mon bookeur ne sait pas quel sera le choix final.

Je suis la première de l'après-midi à passer. J'entre en lingerie, mon book à la main, dans la salle de casting. Le réalisateur et le producteur sont installés sagement sur un canapé en cuir blanc et me regardent déjà de haut en bas. Je leur dis bonjour, mon book devant ma poitrine. Les présentations sont faites. Ils ont vu la marchandise. Ils feuillettent mon book avec vigilance. Reviennent sur certaines pages. Je suis en plein dans la cible. Il n'y a presque que des photos lingerie dans mon book. Je fais un 85C et mes fesses sont mon point fort.

J'ai 22 ans, je suis blonde, mes dents sont bien blanches. J'ai le bon pedigree. Ils me demandent avec politesse de marcher naturellement à travers la pièce. Comme si je déambulais seule dans mon salon. Ils me suivent silencieusement avec une petite caméra numérique. J'exécute. Je sais qu'en « corps », être plus petite n'est pas un handicap.

Au contraire. Les grandes sont très souvent filiformes alors que les plus petites sont souvent mieux proportionnées. Ils me prennent en photo de face, de profil, de dos. Et même un gros plan fesses. Je me sens objet. Ils sourient. Me tendent mon book. Ne se prononcent pas. Je sors de la pièce en petite culotte noire en coton. Ils ont vu presque 50 filles présélectionnées sur photo ce jour-là.

Je suis l'Élue. Cadrée sous le nez. Une bonne nouvelle en cache souvent une moins bonne. Le jour du tournage, chacun est venu avec son faire-valoir. Le photographe et son assistant, le réalisateur et son premier, le producteur et son directeur de casting, le client et son assistante de direction. Le styliste et son stagiaire. Il y a aussi 14 techniciens sur le plateau. Et la maquilleuse. Vingt-trois hommes, deux femmes et moi. Au centre, des projecteurs géants.

On commence par quelques photos qui seront insérées dans le film publicitaire. Des photos de détails. Ma main qui tient une fourchette, mes jambes croisées, mon visage avec des lunettes opaques et mon profil avec toujours une mèche qui cache mon œil. C'est une pub pour un centre commercial. L'ambiance est très professionnelle. Le studio est immense, mais glacé. Les techniciens résolvent des problèmes de mathématiques de l'espace pour installer la lumière. Ils serrent des boulons, portent des barres de fer, branchent des prises multiples, orientent des spots, mesurent des intensités. Font des additions et des soustractions. Après la photo, on passe à la vidéo. C'est l'heure fatidique de l'effeuillage. Lorsque la maquilleuse m'ôte mon peignoir en nid d'abeille pour finir de me poudrer le corps sur le plateau, 46 yeux visent avec brio ma silhouette épurée.

Vingt-trois jugements sans états d'âme ni indulgence. Aucun homme ne manque à l'appel. Ils me notent tous. Ils ont la même pensée au même instant : « Ça y est, enfin ! Qu'on regarde pourquoi c'est elle qui a été choisie ! » Quelques-uns ne jettent qu'un regard furtif. Les plus jeunes. Un simple regard d'instinct masculin, détourné aussitôt par le respect et la courtoisie. D'autres s'attardent plus longuement. Le client, par exemple. Qui veut profiter de ce qu'il a « loué ». Vérifier le produit, en quelque sorte. Tâter la bête. Évaluer les bénéfices. Voir si le rendement sera bon.

Je distingue un sentiment de satisfaction sur ses lèvres. Il s'empresse de fixer le moniteur pour voir si je « rends bien » à l'image. Je porte un tanga et un soutien-gorge en lycra blanc. Mon corps est recouvert d'une infime couche de fond de teint et d'une autre de poudre. J'ai un string chair sous mon tanga. Je suis pieds nus.

Le sol est gelé. On ne m'a pas maquillé le visage, juste la bouche.

– Action !

Je traverse le plateau, sous les projecteurs, de gauche à droite, au rythme de notes de jazz émanant bruyamment d'un iPod branché à de mini-enceintes. Je reproduis 21 fois le procédé. « Plus vite, moins mode, pas autant décontractée, un chouïa plus léger, pas si sexy, peut-être un poil plus lentement, un brin plus amoureuse, un peu moins automatique, plus comédienne, moins mannequin couture, moins lissé, un zeste plus rock, une touche plus classique, plus à droite, bien sur la croix. »

– C'est bon, on l'a !

Les techniciens s'affairent autour du plateau. Ils doivent y construire au centre un mécanisme tournant sur lequel je serai installée. L'effet sera digne d'un 360 autour de moi. Alors qu'en réalité, c'est moi qui tourne, la caméra me fixant.

Édifiée telle une statue en fonte sur mon estrade tournante, j'ai très vite le vertige et des haut-le-cœur. Je suis une de ces danseuses classiques qui font des rondes lorsqu'on ouvre la boîte musicale.

– Peut-on faire une pause de cinq minutes ? J'ai un peu le tournis.

Je demande avec délicatesse un peu de compassion.

– Oui, donnez-lui un verre d'eau, répond le client, assez angoissé par le rendu de son mécanisme.

Il se gratte nerveusement le front jusqu'à faire apparaître une marque rouge.

Deux minutes 20, montre en main, plus tard :

– Allez, Amandine. Concentre-toi. On recommence. Tu reviens sur le plateau et tu enfiles cette jupe de façon très sexy. Tu te déhanches le plus que tu peux. Comme ça. (Il se lève et imite.) Tac, tac, tac ! Gauche, droite, gauche. Allez, on y va !

Son imitation sexy me fait rire intérieurement. Nul temps d'apaiser ma nausée. Je repars déjà sur mon manège à sensations.

Une impression d'utiliser mon corps au maximum de ses capacités se fait ressentir. Mes 700 euros me paraissent hautement mérités pour ce genre d'exercice. Qui a d'ailleurs fixé cette performance corporelle à 700 euros ?! Existe-t-il un carnet de prix décrivant avec précision les prouesses demandées aux mannequins lors des tournages et leurs sacrifices vitaux ?

La mannequin fait des tours sur elle-même, totalement nauséeuse : 100 euros les deux heures. Si vomissements, doubler le prix.

La mannequin est en sous-vêtements par 10 degrés : 115 euros. Par 12 degrés : 100 euros…

Nota bene : si les fesses de la mannequin sont observées grassement par des hommes, ajouter 40 euros par paire d'yeux.

Les aiguilles des heures défilent au rythme de mes panoramiques électroniques. Et, bien qu'après avoir failli vomir sur les Adidas du chef op', attrapé une crampe de froid dans le pied gauche que je devais tenir immobile et fait semblant de manger un cookie en plastique pendant 45 minutes, je continue mon travail. Mais à 16 h 11, je prends un fou rire avec un des techniciens, Alex. Alex, depuis le début, actionne le bouton ON/OFF du mécanisme tournant.

Depuis le début, ça l'amuse, mais il est toujours aux petits soins avec moi. Depuis le début, c'est lui seul qui dit au client et au réal' qu'il faut me faire faire des poses pour ne pas me rendre malade.

Alex est attendrissant. Dépoitraillé, cheveux hérissés et barbe négligée, il dégage la candeur d'un homme de cœur. Ses deux yeux rieurs cachés sous ses sourcils fournis sont d'un bleu roi princier.

Ils me regardent avec gentillesse et non avec le désir sexuel refoulé de certains. Il me considère comme une peinture, je crois. Il sait qu'on ne peut pas toucher ; il connaît les limites et n'en est pas frustré.

Comme dans tout milieu hostile, on s'accroche à une âme qui vous veut du bien. Nous partons donc dans un fou rire, oubliant considérablement notre ligne de conduite. L'absurdité de la scène nous engouffre, par un simple croisement de regards, dans des émotions incontrôlées. Un regard qui pense la même chose que moi. Un regard distancié sur ce spectacle un peu loufoque, sur cette émanation de moi censée représenter un modèle pour bon nombre de futures consommatrices. Je ne connais pas Alex. Je ne lui ai jamais dit autre chose que des politesses. Je lui suis étrangère aussi.

Mais ces quelques échanges ont suffi à nous connecter sur les mêmes ondes, à nous détacher de la scène, des autres, de ce plateau, de cet embryon de publicité, de ce monde qui vend de la perfection, pour nous glisser dans des émotions pleines de sens et de légèreté.

À 16 h 11, ce qui semblait être un fou rire pour tous ces « grands » autour de nous n'était finalement qu'un pamphlet masqué de ce milieu avide d'idéal. Une moquerie de ces filles mangeant des cookies en plastique, presque nues dans leur cuisine, enfilant leur jupe comme dans un show du Crazy Horse et souriant de leurs plus belles dents malgré la nausée qui les envahit.

27

Aujourd'hui, j'ai 24 ans. Je suis entrée en préretraite. Mes anniversaires sont devenus des comptes à rebours. Sur la page de mon site, mon âge a changé automatiquement. Le chiffre 3 s'est fait virer par le 4. Maudit 4. Ce week-end, j'ai deux jours de shooting pour un catalogue de robes de mariée. Six cents euros les deux jours, en direct. Je n'ai pas négocié plus : j'ai besoin d'argent. Lorsque je me rends au studio le samedi matin, dans le VIIe arrondissement de Paris, j'ai l'insoutenable impression de faire cela pour la dernière fois. Peut-être est-ce mon âge, devenu obsessionnel, qui me fait prendre la voix de la sagesse.

Peut-être ai-je l'intuition que mon heure va bientôt sonner, que demain mes agences me téléphoneront pour m'annoncer qu'il serait temps que je pointe et rende mon bleu.

Je traverse une rue piétonne, perchée sur des bottines à talons, mes longs cheveux blonds encore humides de mon bain matinal. Ils chatouillent le bas de mon dos, ondulant sous la cadence de mes pas pressés. J'aime les minutes avant d'arriver sur un shooting. J'aime me sentir attendue sans savoir ce qui m'attend vraiment. À quoi ressemblera l'équipe, quel sera le style du photographe, l'allure du plateau, le rythme à adopter.

9 h 01, j'entre dans la loge. Une autre mannequin est déjà installée au make-up, un café à la main. Horreur. Je déteste les prises de vue à deux filles. Souvent un paquet d'histoires.

– Salut, moi, c'est Gwenaëlle.

Elle me sourit exagérément. Ses deux grands yeux vert clair et son petit carré noir m'évoquent les danseuses de revue. Ses traits sont fins, et son nez, bien droit, son menton en pointe et la pâleur de sa peau lui donnent une élégance noble. Je regarde ses mains. Elles sont fines, presque transparentes.

– Bonjour. Moi, c'est Amandine.

Je m'assieds sur la chaise à roulettes qui m'est destinée, face au miroir. Nous commençons à faire connaissance en nous regardant par reflets interposés. Au fil de ses réponses, je ne peux m'empêcher de me comparer. J'ai un an de plus qu'elle et quatre centimètres de moins. C'est déjà un cataclysme. En revanche, je suis plus mince et j'ai de plus belles courbes.

Mon degré de superficialité sur le physique fait intégralement partie de moi-même dans le cadre de mon métier. Comme pour la plupart des filles. C'est une aliénation de nous-mêmes, alimentée au quotidien. Difficile d'y échapper. C'est comme si un comptable s'empêchait de compter, ou un commercial, de vendre. Notre plastique est notre CV. Elle devient un être à part que l'on protège comme une jeune pousse et que l'on compare froidement aux autres.

La seule différence avec un autre métier : le champ d'action limité pour booster notre CV. Mis à part une bonne hygiène de vie et un passage dans un institut de beauté, notre potentiel professionnel ne gonflera jamais plus. Cette fatalité peut nous embarquer dans une impuissance parfois très frustrante. Comme si notre corps nous empêchait d'atteindre notre but, nous limitait dans nos désirs. Je me suis souvent sentie emprisonnée par mon propre physique. Comme prise au piège. Elle me passe son book. Je n'ai pas emporté le mien, heureusement. Elle a plus de parutions que moi. Elle fait plus de mode que moi, mais moins de lingerie. Elle a plus voyagé. Ses agences ont plus d'étoiles que les miennes et elle signe plus de contrats, avec plus de zéros. À 9 h 17, je me sens déjà au trente-sixième dessous.

De son côté, je sais pertinemment qu'elle fait la même chose que moi. Lorsqu'elle m'a vue arriver, qu'elle a baissé les yeux pour voir combien de centimètres de talons j'avais, la victoire s'est lue dans son regard. Elle savait. Mais lorsque j'ai posé ma veste, qu'elle a vu mes fesses, assurément plus petites que les siennes, elle a été désarçonnée. Notre discussion, néanmoins assez empressée, continue. Elle est très diserte, pleine d'humour et de liesse. Elle fait déjà rire la maquilleuse et le coiffeur à 9 h 22. Elle ne ressemble pas à ces filles vaniteuses et acerbes que l'on peut croiser. Elle a cette simplicité qu'ont généralement les filles de province. Comme moi.

David, le coiffeur à la coupe afro, me pose des perruques sur la tête. Une blond platine, une rousse, une noire, une courte, une longue. Aucune ne me va. Au début, nous rions de la tête que ces hideux postiches me font, puis je me mets rapidement à rire jaune. J'ai en plus un très mauvais souvenir de perruques… David en trouve finalement une qui me va. Le carré noir. J'ai l'impression qu'on cherche à me faire ressembler à ma voisine. Dans le reflet du miroir, la danseuse de revue est clonée.

9 h 56. Je passe au make-up, et Gwenaëlle, aux perruques. David lui pose une première coupe blonde : elle est magnifique. Il lui essaie une rousse. On dirait Milla Jovovich dans *Le Cinquième Élément*. Le coiffeur s'extasie. Toutes les couleurs et longueurs lui vont à merveille.

À 10 h 32, je suis déconfite. Un sentiment d'injustice me traverse. Lorsque j'essayais les perruques, je n'étais pas encore maquillée, je sortais à peine de mon lit ! Je partais donc avec un handicap. Tandis que Gwenaëlle est déjà superbement maquillée. Elle n'est pas plus belle ! C'est une hérésie ! La jalousie m'embarque ainsi dans une froide paranoïa. Quand la maquilleuse s'est occupée de Gwenaëlle, elle l'a complimentée sur ses grands yeux verts. Et elles ont gloussé en s'échangeant leurs adresses shopping et leurs petits trucs beauté. Avec moi, le silence d'une salle d'examen. Puis le coiffeur a crié au miracle devant la forme de son visage adapté à toutes ces ignominies fabriquées avec des cheveux d'Indiens. Avec moi, il avait lutté pour ne pas sombrer dans le burlesque.

11 h 06. Les habilleuses s'occupent de Gwenaëlle, prête en premier. Évidemment. Un immense senti-

ment de soulagement et d'équité terrestre me traverse lorsque je l'aperçois en sous-vêtements. Ouf ! Elle avait bien une légère culotte de cheval. C'est épatant comme l'on peut parfois se sentir revivre avec une culotte de cheval. D'une autre fille. Le shooting débute.

Tout se déroule normalement jusqu'à 15 heures. Ou, plutôt, je ne trouve aucune matière à paranoïa avant 15 heures. Nous posons à tour de rôle. Pendant qu'une prend place au centre des projecteurs, l'autre se change avec les trois habilleuses. Chaque photo prise apparaît immédiatement en plein écran sur le Mac du photographe. Les deux clientes peuvent ainsi choisir et donner leur avis sur la pose, les plis de la robe, le visage de la fille. À ma sixième robe, je réalise que tout le monde admire les photos de Gwenaëlle et moins les miennes. Je tente de repousser cette pensée, mais de multiples détails confirment fatalement mon impression. Chaque fois que Gwenaëlle pose, le jeune photographe en profite pour faire des portraits très serrés de son visage. Comme s'il cherchait à capter encore plus sa beauté. David se pâme devant l'ordinateur à chacun de ses passages, et la maquilleuse ne s'occupe que d'elle.

Je deviens de plus en plus parano. Je traque le moindre commentaire du maître d'œuvre, je tends l'oreille pour intercepter les murmures. Je compte scrupuleusement le nombre de robes que nous portons chacune. Dans la loge, devant le portique croulant sous les robes somptueuses en tulle blanc, Caroline, une des clientes, me montre celle qu'elle a choisie pour la couverture du catalogue. Une longue robe noire taille Empire ornée de roses blanches en soie et d'un tulle en mousseline. Je la mémorise bien afin de voir qui de nous deux la portera. Je serai ainsi fixée.

Le shooting suit son pénible rythme jusqu'au lendemain. Le dimanche, j'essaie de me raisonner pour ne pas passer une affreuse journée. Mon insomnie névrotique m'a fait prendre du recul. Ne pas être la préférée n'est pas une fatalité.

D'autant que, dans ce métier, on passe du petit canard décati à la star hollywoodienne en une journée. C'est notre interlocuteur qui fait notre réputation. Je me répète sans conviction que le photographe a bien le droit d'avoir ses préférences.

Je cherche à me consoler. J'ai terriblement honte d'être réduite à me réconforter parce qu'on me trouve moins jolie qu'une autre. Je me vois m'engluer dans ce diktat du physique, jusqu'à m'en rendre malade. Il faut que je sorte de cette torture mentale.

J'observe alors la manière dont pose mon adversaire. Je dois avouer qu'elle est extrêmement douée. On dirait une top. Chacun de ses mouvements est stoppé à la seconde où le visage entre dans la perfection. Ses yeux se plissent de mille façons avec toujours autant de grâce. Ses lèvres se retroussent, s'entrouvrent, se relâchent avec une précision idyllique. Ses épaules, ses bras, ses hanches, son corps tout entier se meuvent dans une sensualité particulièrement étudiée. Le geste le plus infime qu'elle fait est calculé en fonction de sa photogénie. Elle connaît tous ses angles, tous ses visages, toutes ses émotions.

Elle sait séduire avec une infinitésimale palette d'attitudes. À trop la regarder faire, on se demande quel mécanisme l'actionne. On se dit qu'elle manque de naturel, que ce visage est trop froid, trop figé. Mais lorsque l'on regarde la photo, la réalité explose. Ce n'est pas trop, ce n'est pas faux, c'est absolument parfait.

C'est à moi. Je prends la place de Gwenaëlle face à l'objectif. Le photographe est encore absorbé par les photos qu'il vient de shooter, par la beauté dictatoriale de l'autre mannequin. Il fixe son écran, retouche, recadre et imprime. Je le regarde, impassible, avec une terrible impression de ne plus exister. Il chuchote à l'oreille de la maquilleuse, assise à côté de lui. Je l'écoute avec concentration pour ne pas manquer une syllabe.

– Laquelle préfères-tu des deux filles ?

– Elle, répond la jeune femme, tournant ses yeux sur l'écran du Mac.

– Moi aussi, c'est ma préférée. Elle passe vraiment bien.

Ces propos volés me serrent la gorge. Je sens mes jambes s'enfoncer dans des sables mouvants.

– Ah ! Amandine, t'es déjà là !? me lance le photographe en se retournant. Allez, on y va !

Je respire profondément et prends la pose. Ce shooting devient pour moi infernal. Je ne parle plus, ne souris plus, ne plaisante plus avec David et sa coupe afro qui vient pour la millième fois m'asperger de laque. Je n'arrive plus à remercier la cliente qui me dit que je suis ravissante avec ce bidule rouge carmin. Je ne peux plus croiser Gwenaëlle sans chercher tout ce qu'elle a que je n'ai pas. Je ne supporte plus ce photographe déloyal. Je suis entrée dans un cercle vicieux qui me gomme à coups d'indifférence. Toutes les photos prises ont été imprimées sur des formats carte postale. Il y a deux piles. Le best of du photographe et les autres. Mon cœur se met à battre de plus en plus fort. Je le sens s'agiter comme si son engrenage avait rouillé. Une profonde tristesse m'envahit. Huit photos sur dix sont avec Gwenaëlle. Je me rue sur le tas de photos non sélectionnées. Il n'y a presque que des photos de moi. Devant un tel constat, ma parano devient légitime.

Je me contrôle pour ne pas fondre sur place. Je retiens mes larmes, tasse mes émotions. Je ne comprends pas pourquoi je suis tant peinée. La situation prend des proportions intolérables. Je m'assieds sur un petit fauteuil en fer, attendant mon tour dans ma robe de mariée blanche, les cerceaux sous ma robe gonflant le tulle comme un gros soufflet. Étrange tableau de mariée désespérée. J'ôte mes gants en soie qui me tiennent soudainement chaud. Je dégrafe quelques boutons de mon caraco en dentelle pour mieux inspirer. J'angoisse.

La musique est trop forte, un ventilateur ronfle pour la prochaine photo. Toute l'équipe est aux anges. L'effervescence du plateau me débecte. Je suis affreuse. Des exclamations résonnent du fond de la loge. Elles se font plus fortes, se rapprochent. Je relève la tête, les yeux larmoyants de chagrin. Gwenaëlle porte la robe noire taille Empire.

28

Je viens d'être confirmée pour aller à Barcelone. Je pars deux jours défiler pour une marque de produits capillaires. Je suis payée 2000 euros. Nous sommes 10 mannequins et 3 coiffeurs.

Lorsque nous atterrissons sur la péninsule Ibérique, les souvenirs d'Abba models reviennent à moi. Ce satané casting Emocion perfume et ce showroom pour lequel je n'ai jamais touché un centime... Cette bookeuse qui me regardait de travers et n'avait pas aimé la courbe oblique de mes sourcils...

Les autres filles qui ne décrochaient pas un seul casting et qui pleuraient le soir à l'agence dans leur petite chambre remplie d'achats compulsifs... Le hamster que j'avais négocié sur les Ramblas et qui s'était échappé de sa cage... La grande Suédoise qui s'était amusée à lui courir après en string lorsqu'elle l'avait vu sauter de son grillage comme un prisonnier en cavale... Les yeux des bookeurs qui étaient tombés nez à nez (ou plutôt nez à fesses) avec elle... Nous arrivons au grand palais de Barcelone, où nous allons défiler. Un petit-déjeuner indigne d'un mannequin nous attend, avec vue sublimissime sur la côte. On nous avertit de ne pas trop en abuser, car les robes restent bien, elles, en 36.

Quelques pommes sont déjà disposées çà et là, pour celles qui auraient une pure conscience professionnelle. Je n'en fais bizarrement pas partie. Le ciel est d'un bleu turquoise presque chimique, la chaleur des rayons du soleil nous caresse avec poésie. Je déborde de joie, moi qui voyais mon dernier contrat se signer il y a deux semaines… L'équipe est calme, souriante, douce. Mon coiffeur, Dany, est d'une gentillesse rare. Il est attentionné, prévenant, généreux. Je n'ai pas l'angoisse systématique de finir avec une coupe insensée, de pleurer pendant trois mois et de rater les prochains castings. Essayages, répétitions, soins des cheveux, déjeuner, sieste, brushing, stylisme, make-up, coupe de champagne et retouches make-up, nous voilà fin prêtes à défiler. Dans les backstages, je me fais asperger de paillettes par Paul, le maquilleur efféminé qui me course depuis 15 minutes.

– Voilà, ma beeeeeellle ! Je te couvre de pailleeeettes !

Il plonge son plumeau dans une petite boîte ronde en plastique or et agite son poignet avec ferveur sur le dos de chacune des filles. Une brise de paillettes s'envole au-dessus de nos têtes. Elle se mélange avec finesse au spray de laque et au vaporisateur d'eau de la coloriste. Nos sandales compensées piétinent le sol noir, évitant les fils de la régie. Nous sommes debout dans la pénombre, cachées derrière un rideau noir en velours. Malgré l'habitude, je sens un léger trac me glacer l'estomac.

– Amandine et Julia, vous pouvez retourner un quart d'heure dans les loges en attendant votre tour, nous chuchote Dany, toujours soucieux de notre bien-être.

Nous repartons dans les loges. Du haut de nos 15 centimètres de talons, nous dépassons toutes les filles que nous croisons qui ne sont pas mannequins. Dans les couloirs, des plateaux de coupes de champagne sont parsemés sur des petites tables hautes recouvertes de nappes blanches. Julia en saisit deux et me les tend avec un sourire malicieux.

– *Cheers !*

Sa flûte frappe la mienne d'un coup sec avant de flirter avec ses lèvres glossées. Elle me fait signe de boire d'un trait. L'excitation du défilé m'entraîne dans son jeu. Nous éclatons de rire. Arrivée à la loge, je lui propose d'aller en chercher deux autres. Tout en admirant ses jambes nues dans un des miroirs, Julia acquiesce.

Dans les couloirs sombres, les hommes me lancent des regards amusés, pleins de hardiesse. Ma robe en lycra est tellement courte et décolletée que j'en suis devenue une fille facile. Les quatre coupes de champagne que j'attrape en rajoutent à ma réputation.

Fière de mon butin illicite, je cours jusqu'à la loge, mes bracelets en cuivre s'entrechoquant bruyamment.

En apercevant les verres pétillant d'alcool, Julia se met à glousser.

– *Cheers !*

Nous sirotons notre troisième coupe. Les contours de son visage deviennent nébuleux, nous nous esclaffons à chaque mot prononcé.

– On a quand même des looks de pouffes ! me jette Julia, époumonée par ses rires.

– Hahahahah ! *Cheers* aux pouffes !

Je lui présente la quatrième coupe. Dans un moment de lucidité, elle se met à cacher les verres vides derrière les portiques de vêtements.

– Si Dany voit ça, il va hallucinnnnneeeeer !

Julia ne peut plus articuler sans partir dans un fou rire enivré. Mes gestes deviennent confus, je me lève hâtivement pour m'entraîner à marcher pour le défilé. Je chancelle, l'alcool m'embarquant dans une démarche chaotique.

– Fais la *bitch* ! s'égosille Julia, brandissant sa coupe au-dessus d'elle.

Ses yeux sont larmoyants d'ivresse. Elle rit à ne plus savoir pourquoi. Je me déhanche, traversant la loge en remuant les fesses, prenant des poses sexy, remontant ma robe et tirant la langue à outrance.

– Eh ben, les filles, on se marre !

Notre maquilleur vient chercher un pinceau entre deux passages de filles. Il ne mesure pas l'ampleur de notre ébriété.

– Graaave ! On s'entraîne à défiler ! Ha, ha ! Ça va en j'teeeer ! répond-elle.

Julia et moi, ivres de rire et de champagne, nous affalons sur deux fauteuils. Une des mannequins revient du podium : c'est à nous dans cinq minutes.

Je croise le regard de Julia, qui ne réalise pas encore dans quel état de soûlerie elle se trouve. Mon cœur se met à tambouriner à l'idée de défiler totalement éméchée. Nous courons dans les couloirs, main dans la main, pour ne pas nous perdre. On dirait deux biches égarées. Des dizaines de flûtes de champagne défilent devant nos yeux, un serveur en queue-de-pie nous arrête. Nous en offre deux. Une goutte de sueur tiède coule dans mon dos. Je suis essoufflée. Julia, ressaisie par notre course, empoigne un verre et l'engloutit sans prendre le temps de respirer. Elle sourit gracieusement. Son visage s'est transformé. Elle ne me regarde plus dans les yeux. Sans réfléchir, j'avale ma flûte à grandes gorgées. Nous rejoignons Dany et les autres.

Ils nous attendent avec une fervente impatience. De l'électro explose dans les enceintes. C'est mon tour. Je déambule sur le podium, la salle est bondée d'Espagnols. Le surnombre de spectateurs les compresse sur les bords de la scène. Certains ont même les bras posés sur le proscenium. Tous les yeux me découvrent avec plaisir. L'euphorie de l'alcool me fait sourire à pleines dents. Tout est flou. Je glisse dans mes sandales trop hautes, je défile tout doucement. Les spectateurs et les appareils photo me traquent avec attention. Je franchis un monde parallèle. Une galaxie où je suis star, où tous les extraterrestres seraient fans de moi. Les flashs m'empêchent de regarder distinctement la salle, je fixe alors un point au loin pour ne pas me sentir asphyxiée par la luminosité. La musique est terriblement forte dans les baffles, les sons s'entrechoquent dans ma tête et forment une autre mélodie. Je monte les marches à Cannes ; Leonardo m'attend en haut du tapis rouge. Sur le podium, Dany est en train de sécher les cheveux d'une des filles. Il présente la coupe Blanc polaire *autumn/winter* 08.

Lorsque je passe à côté de lui, le souffle brûlant du sèche-cheveux en Inox s'engouffre avec clandestinité dans mon décolleté. Mes deux 85C se présentent à l'assemblée avec une impudeur imprévue. Tous les Espagnols des premiers rangs assistent au dénuement express de ma poitrine. Un rire de ténor fait l'effet d'une caisse de résonance. Je n'ai plus envie de rire.

J'arrive au bout du podium, pose devant la caméra avec la moue des mannequins Dior, vrille comme Ana Beatriz Barros au défilé Victoria's Secret et repars en sens inverse. Tous les yeux sont dans mon dos. Le champagne m'envase dans une démarche laborieuse. Mon parcours est douloureux, long, je n'en vois pas la fin. L'alcool m'englue dans une vision déformée de tout ce que je suis en train de vivre, de faire, de ressentir. Il obstrue mon esprit, m'obscurcit la vue, engloutit mes ressentis. Je ne suis pas dans le bon chemin. Je me suis trompée, je devais tourner à ce moment-là. Je suis dans le leurre. Dans la mauvaise direction.

Oui, je me suis sûrement trompée de vie. Après mon passage, je rejoins péniblement les backstages. Il n'y a que le maquilleur qui, dissimulé sagement derrière le rideau noir, suit le spectacle.

Je m'engouffre dans un couloir sombre. Essoufflée, je me perds dans les coulisses, une main remontant mon décolleté. Je suis dans une impasse. Je ne trouve plus la sortie, le chemin vers la loge. Je cherche une sortie de secours. Un coin de lumière, une bouffée d'air frais. Il y a une porte devant moi, mais elle est fermée. À ma gauche, un large rideau. Je le tire, il cache un haut et somptueux miroir Art déco. Je regarde mon reflet machinalement. Ce que je fais systématiquement depuis six ans. Je regarde si je suis bien coiffée, si mon maquillage n'a pas coulé, si je suis toujours aussi mince, si ma robe me met toujours bien en valeur… Mais le temps, l'expérience, l'alcool sûrement, le hasard des circonstances – je ne sais pas – me font voir à cet instant tout autre chose. Ce n'est ni le mascara, ni mes cheveux que je juge, mais la dictature que je me suis infligée ces dernières années.

Trouver mes lèvres trop fines, pas assez dessinées ou encore mes yeux trop petits, pas assez clairs. Inventer d'infimes défauts à mon visage et les comparer à tous les autres. Angoisser quand mes ongles se cassent ou qu'un bouton apparaît. Regarder mon nez sous tous ses profils et déprimer face à une dent légèrement penchée. Miser sur une perfection qui n'existe pas et sur une beauté à un seul code. La liste de mes fustigations était longue. Je réalise que je vois mon reflet avec les yeux des bookeurs, des clients, des photographes. Je le juge avec leur dureté.

Je leur ai prêté mon corps et, aujourd'hui, mon physique ne m'appartient plus.

29

Il me sourit de ses dents en Tipp-Ex, j'en ai presque des flashs dans les yeux. Cet éclat est tout simplement improbable ! On dirait un mec d'une pub de dentifrice américain. Je l'imagine en quatre sur trois dans Los Angeles, un slogan débile inscrit sous son visage totalement *fake : THE POWER OF YOUR SMILE IS THE POWER OF YOUR LIFE.* Le doigt pointé vers nous et le sourcil en accent circonflexe. Je n'arrive pas à le regarder en face sans rire, je suis obligée de baisser la tête lorsque je vois ses gencives reluire sous mon nez.

– Allez, en place ! On va commencer dans le salon. Tout le monde a bien enfilé son pyjama ?

Le photographe a lui aussi un sourire qui lui mange le visage. Sa question moqueuse fait glousser l'assemblée. Oui, nous sommes bien tous en pyjama ! Moi, mon mari et mes deux enfants. Assise sur un canapé dans mes 15 mètres carrés de maison témoin, je fais office de maman pour la journée. Une mère de 25 ans qui a déjà un fils de 10. Tout laisse à croire que nous construisons un monde encore bien réel.

Tom, mon époux, a non seulement les dents javellisées, mais aussi une mèche blonde impeccablement crantée en arrière et des yeux bleus translucides de magazine. Il a une trentaine d'années (les mannequins masculins peuvent se le permettre). Ses rides ne sont pas camouflées par une tonne de fond de teint. Elles sont son gagne-pain ! Il est musclé, grand, bien sûr, la manucure parfaite et des poils juste où il faut. Pas trop, car il risquerait d'effrayer la ménagère, mais assez pour évoquer sa virilité qui protège toute sa petite famille. Sa femme est jeune, blonde, mince, heureuse, mais pas sexy. Dans le monde du catalogue familial, il est fortement déconseillé de trop rivaliser avec la consommatrice. Il faut lui afficher un idéal de beauté auquel elle ne correspond généralement pas, pour le rêve et la frustration, mais ne pas la contrarier avec une fille trop attirante qui pourrait lui évoquer une rivale. Il faut flirter avec son paradoxe, dans son désir de jeunesse, de minceur, tout en mettant en scène son présent, qui est loin de celui du papier glacé. Grâce à son acte d'achat, la consommatrice manipulée atteindra son idéal le temps d'un instant, celui d'enfiler le pyjama de la famille parfaite.

Pour lui procurer ses quelques secondes de bonheur illusoire, nous nous sommes tous rassemblés autour d'un canapé blanc, sans taches ni plis, pour donner le meilleur de ce que nous ne sommes pas : je suis folle amoureuse d'un Ken, j'ai deux enfants sans morve au nez ni trous au jean, je suis une obsessionnelle du ménage avec un intérieur tout juste sorti d'un emballage sous vide et, surtout, j'aime m'asseoir sur l'accoudoir de mon sofa (là où ça fait bien mal !) le dimanche matin, le brushing Playmobil et l'air niais, une tasse vide dans la main avec toute ma famille pyjama.

– Pourquoi le pantalon d'Amandine pend-il comme ça ? s'étonne le photographe d'une voix forte.

Une toute petite femme frêle déboule à toute vitesse, des pinces à la main, la tête basse.

– C'est une taille 44 ou quoi ?!

Il renchérit. Son rire sarcastique submerge l'immense studio photo, contaminant les autres personnes présentes.

– Oui, nous n'avons pas de taille mannequin, répond la styliste, affairée à retrousser mon froc pendouillant.

J'ai un peu honte. Je m'étais jusqu'alors contrôlée pour ne pas sentir monter le ridicule en moi lorsque j'avais enfilé l'immondice en pilou rose pâle. J'avais pris ça comme un rôle à jouer, un mauvais moment à passer. Rien de plus. Il y avait bien pire dans la vie que de porter un horrible pyjama trop grand ! Mais c'était sans compter la dizaine de petits yeux railleurs, à dominance féminine, qui pointeraient vers moi tels des canifs aiguisés. Ces pupilles, noires et brillantes, qui aimaient visiblement me voir amochée dans mon déguisement de nuit.

– On dirait un rappeur !

Le photographe danse, imitant les postures des rappeurs américains et faisant pouffer toute sa confrérie. J'imagine alors 50 Cent en pyjama rose, je pense à Tipp-Ex dans un groupe de rap, et le scénario d'un gendre idéal en robe de chambre entouré de lascars me détend. Les femmes ricanent en fixant mon pyjama, fières qu'elles sont d'être du bon côté de la gausserie. Je les regarde, incapable de leur rétorquer quoi que ce soit. Tout se déroule à l'intérieur de moi, comme bien souvent. Je ne fais plus guère de shootings maintenant. Je suis devenue mannequin fumiste, séchant les castings, faisant ma crise de « modèlescente » à presque 26 ans. Il est temps que je passe à autre chose.

Quatre pinces à linge plus tard, la petite femme gracile me tend des pantoufles à fleurs.

– Je dois les mettre ?!

– Oui, mademoiselle.

– Allez, Amandine, enfile tes charentaises ! On shoote !

Je sais que je ne peux y échapper. Je me sens bien enlaidie ! Le maquillage est tout aussi affreux avec mes paupières bleutées. Au loin, j'entrevois une silhouette d'une autre mannequin. Elle doit passer après moi. Elle vient d'enfiler une grenouillère bleue modèle XXL et des pantoufles Bob l'Éponge. À sa place, j'aurais envie de me cacher dans un trou et de ne plus respirer. On dirait une petite fille dans un pyjama d'adulte super moche. Elle tire visiblement la tronche, la tête plongée dans son téléphone, peu fière de son accoutrement. Mais quel était cet endroit sordide qui prenait un malin plaisir à humilier des mannequins ? Y avait-il une tordue derrière tout cela, dans sa tour de contrôle, qui gloussait de plaisir devant des caméras de surveillance face à ce spectacle sadique ? Les tailles trop larges, les pantoufles, le salon en carton-pâte, les faux sourires… Étais-je piégée dans un parc d'attractions de dégénérés ?

Je me remémore alors mes pires moments de ridicule dans le mannequinat. Le défilé de coiffure, devant un public de 4000 personnes, où l'on m'avait collé des ailes de papillon dans le dos que je devais agiter gracieusement pendant 15 minutes. On était loin du défilé Victoria's Secret ! Les ailes étaient plutôt taillées dans du nylon et la tenue avait des airs de combinaison de plongée en latex. J'avais le visage peint en vert assorti au costume. Je m'étais sentie ce jour-là tel un insecte géant capturé sur un podium, les projecteurs ressemblant à des résistances sur lesquelles j'allais me griller les ailes, car je ne savais comment décoller de cette humiliation. Ma combi emmaillotait mon corps telle de la cellophane sur un sandwich ; des auréoles démentielles s'étaient alors dessinées sous mes bras, ruisselant jusque dans mon dos comme de l'huile d'olive sur du pain chaud. J'étais dans un état de confiance totale pour démarrer ma démarche chaloupée de mouche blonde « brushinguée » !

Je me souviens aussi de ma chute lamentable sur un autre podium de défilé : la traîne de ma robe s'était glissée entre mes jambes et m'avait sournoisement capturé les mollets de son drap de satin. Dos au public, mais face à mes congénères des backstages, j'avais trébuché telle une débutante et m'étais étalée de tout mon long sur le sol lustré. J'avais eu le temps d'apercevoir, dans ma chute, une dizaine de visages surmaquillés me fixer dans la pénombre, le regard plutôt moqueur. Tandis que je me vautrais en talons aiguilles, ma choucroute capillaire toute fraîche dégringolait de sa hauteur, emportant toute mon estime de moi.

– Tom, tu regardes Amandine avec amour, hein ? C'est *le* grand amour, vous avez une famille merveilleuse, c'est dimanche matin, vous vous éclatez !

– OK, oui, pas de problème, sourit-il encore mécaniquement comme s'il était déjà en train de poser. Il est complètement bloqué en mode selfie !

– Amandine, ton corps bien face à moi, ton visage tourné vers Tom, tu caresses les cheveux de Léo. Le sourire léger, pas vamp.

– Et pourquoi pas une maman vamp ?

– Très drôle, Amandine !

– Ce serait moderne.

– Mais hors propos.

– Les mères ont le droit d'être femmes avant tout !

Silence dans la pièce.

– T'es pas contente d'être maman ?

– Je ne le suis pas.

– Pour aujourd'hui !

Il s'impatiente.

– Léo et Faustine, vous restez bien assis sur le clic-clac, OK ?

– Le quoi ? demande Léo.

– Le canapé.

– Je peux me mettre en tailleur ? J'ai mal aux jambes.

– Non, ça fait des plis. Et enlève tes lunettes, s'il te plaît !

Les flashs commencent leurs rythmes mécaniques. Trois, quatre, cinq clics.

– Amandine, on ne voit pas assez ta pantoufle !

– De vair ?

J'ai envie de faire mannequin buissonnière.

– Ta pantoufle, là ! Remonte la jambe gauche.

Je me concentre sur les 1200 euros que je vais toucher à la fin du mois pour cette journée. L'argent pouvait essuyer le malaise que je ressentais aujourd'hui. Je tente de me ressaisir. Je ne vais pas me plaindre d'une petite honte alors qu'elle est payée aussi chère ! Il fallait que je place systématiquement les situations pénibles dans une globalité. Prendre du recul sur mes soucis de riche. C'était une philosophie que j'essayais de tenir depuis quelque temps lorsque le mannequinat me bousculait.

– Amandine, ton sourire n'est pas bon, décrispe-toi !

J'ai l'esprit complètement ailleurs. Je me demande si chaque métier a son lot de ridicule. Certainement. Les acteurs ou les comédiens, par exemple, qui louent leur physique et leur corps pour des rôles, comme moi, mais à une autre échelle. Ils doivent bien se sentir parfois travestis, honteux de tourner une pub pour des assurances alors qu'ils jouent habituellement de grands rôles au cinéma ? Ils ne doivent pas toujours être en accord avec ce qu'on leur demande de faire. Cela semble impossible lorsqu'on se laisse dessaisir régulièrement de son image !

– Amandine, ajuste ton haut de pyjama !

Les questions se bousculent dans ma tête. Et alors ? Vais-je me laisser mener par mon ego ? Ce n'est pas parce que demain je serai prise pour une campagne de lingerie chic qu'il faut qu'aujourd'hui je crache sur la famille parfaite. Même si je préférerais être ailleurs, je dois aimer ma journée, car elle m'offre un travail et beaucoup d'argent. Je dois accepter ce sentiment de ridicule et choisir de le vivre différemment. Pourquoi est-ce que je me sens ridicule ? Maintenant que le pyjama est agrafé à ma taille, je suis tout simplement une fille en tenue de nuit. Rien de plus ! Je suis moi, comme je peux l'être parfois à la maison. Je suis davantage Amandine qu'une mannequin inaccessible. Simple, sans chichis ni faux cils, sans talons hauts ni fanfreluches. Est-ce finalement cela qui me complexe ? Moi qui cherche à me sentir belle à travers le mannequinat, car je n'arrive pas à me le dire à moi-même ? Aujourd'hui, comme ma quête n'est pas assouvie par une robe couture et une photo sexy, j'en veux à la profession ! Je me défais de ma propre responsabilité à m'aimer. Je ne dois pas avoir besoin d'un bookeur ou d'un photographe pour m'accepter. Je dois m'apporter de l'estime et de la fierté, sans artifices ni flashs. Cette journée en pyjama est en fait un vrai exercice d'amour de soi !

– Amandine ?

Tout s'éclaire en un instant. Mon cœur se met à s'ouvrir et à se réchauffer à la découverte de cette trouvaille. Je dois assumer qui je suis en toutes circonstances. Ne pas me laisser juger simplement parce que je porte des pantoufles, que j'ai des ailes dans le dos ou que je me vautre devant 4000 personnes.

– Tu nous entends ?

Les pantoufles à fleurs me font soudainement l'effet d'un précieux cadeau ! Je me souviens alors que j'en portais petite fille. J'adore ce pyjama rose pâle qui me rappelle celui que ma maman m'achetait pour passer l'hiver au chaud ! Je renoue avec mon enfant intérieur ! Ma petite fille qui ne se trouve pas jolie et qui a besoin de projecteurs pour se sentir exister. Je comprends la leçon de vie et je me nourris de l'intérieur. Je reste toujours Amandine, peu importe ce que l'on me met sur le dos, ce qu'on me colle sur le visage ou quelle pose on me demande de faire. Je ne suis pas travestie de l'intérieur. Non, je n'aime pas cette pub de famille parfaite ; non, je n'apprécie pas qu'on vende une illusion en papier mâché, mais je dois d'abord m'aimer dans tous mes rôles, toutes mes expériences pour surpasser ces sentiments négatifs et ouvrir mon cœur à ce que la vie essaie de m'apprendre.

Le photographe me secoue à nouveau.

– Amandine ! On se réveille ! On shoote !

– Oui, je suis là !

Je suis enfin prête à donner ce que l'on me demande : une Amandine sans jugement d'elle-même, s'affranchissant des images qu'on peut lui tendre. Ce shooting devient alors l'un des plus beaux de ma carrière de mannequin… et le dernier.

30

Un an plus tard

Quand j'arrive à la rédaction de *Style Mag*, je suis submergée par une puissante envie de bien faire. Je bouillonne d'idées, d'images et de créativité, sitôt castrées par mon éditeur, qui se targue d'avoir de bien meilleures solutions que moi pour augmenter les ventes de son journal cheap.

Je suis rédactrice en chef du magazine depuis deux mois – un féminin mode et people pour jeunes femmes, populaire, pas très connu –, épaulée par deux stagiaires et une poignée de jeunes pigistes rémunérés à l'aumône. Le mannequinat est aujourd'hui derrière moi, sans réel regret. Il s'est effrité au fil des mois comme une vieille vocation qui ne me satisfaisait plus. J'ai envie de me consacrer pleinement à ce qui pourra être ma carrière jusqu'à la fin de ma vie : le journalisme ! J'ai répondu à une annonce sur le Net (comme j'ai pu le faire en tant que mannequin !) et j'ai réussi le casting sans même ôter mes vêtements. Je suis payée 2000 euros net par mois, l'équivalent d'une ou deux journées de travail dans ma vie d'avant. Je ne suis pas amère, non, car, à 27 ans, j'atteins mon deuxième rêve de petite fille : être rédactrice en chef d'un magazine de mode. Même si je suis à des années-lumière des titres qui me faisaient rêver et que l'on me demande chaque jour de réaliser un chef-d'œuvre avec des pinceaux d'écolier, je suis fière et terriblement motivée.

Mon éditeur, en revanche, excelle dans l'art de me pourrir la vie. M. Pellegrino est un siphonné du bulbe de haut niveau qui pense travailler pour un éminent groupe de presse et me répète à longueur de journée, entre deux grosses critiques vaches sur mes choix éditoriaux :

– Vous verrez, Amandine, dans un an vous serez la reine de la presse féminine avec *Style Mag*.

J'aurais aimé le croire, mais au bout de deux mois déjà, je comprends que *Style Mag* ne dépassera jamais les 20 000 exemplaires.

Les réunions de rédaction ressemblent à des champs de mines sur lesquels mieux vaut ne pas s'aventurer. Certains sujets explosifs – comme la it-girl de la prochaine couv', ou si le bleu est vraiment le nouveau noir, déclenchent les cris aigus de Françoise, femme de l'éditeur en manque de reconnaissance et autoproclamée directrice de publication avec un BTS esthétique en poche.

– Vous commencez tous à me faire chiiiiiiiier !

La voix stridente et d'autant plus insupportable de Françoise me glace chaque fois. Ses talons d'hystérique claquent le sol régulièrement dans le couloir de la rédaction. Vlan ! une porte se ferme. Boum ! une pile de magazines tombe à terre.

– C'est vraiment de la meeeeeeeeeeerde !

Françoise possède un vocabulaire à la hauteur de ses intentions. Elle sait bien se faire comprendre lorsqu'une décision ne lui convient pas, dans les moindres nuances.

– C'est elle que je veux en couv' et pas celle que tu as choisie, Amandine ! On court droit à la catastrophe ! Cette starlette est une sombre inconnue que seules des filles comme toi connaissent !

Chrack ! Dans ma tronche. Les filles comme moi, pour Françoise, sont des blogueuses perchées dans leur sphère de branchitude co-conne qui résume la mode à des it-girls de Brooklyn, créatrices de bijoux rock la journée et DJettes la nuit. (Je suis aussi auteure depuis un an d'un blog sur la mode et la musique qui a d'ailleurs fait pencher la balance lors de mon entretien d'embauche.)

– C'est vraiment une rédaction de cinglées ici !!! grogne-t-elle en empoignant son sac Burberry et en faisant trembler une nouvelle fois les portes des bureaux.

Elle est belle, gracile et pleine d'allure. La quarantaine. Lors de ses délicieux quarts d'heure d'euphorie, on assiste à sa mutation incroyable. Ses fins cheveux soignés s'ébouriffent, sa chemise en soie se plisse à chacun de ses mouvements tétaniques, son ravissant minois rougit et son corps tout entier s'électrocute. On dirait qu'un court-circuit la traverse. Lors des premières scènes, je me réfugiais, telle une Tokyoïte, derrière l'écran de mon ordinateur, comme pour me protéger instinctivement d'un éventuel séisme. Mais les gloussements de mes collègues de bureau, habitués depuis des années à la météorologie capricieuse, m'ont détendue. Aux prémices de tremblement de terre, ce ne sont pas les carreaux qui se brisent, mais les fenêtres *Skype* qui s'ouvrent pour faire monter les enchères.

– Vingt euros qu'elle finit dans le bureau de Pellegrino et qu'elle le traite de salopard.

C'est Cédric qui initie le plus souvent les paris virtuels. Il est le rédacteur en chef d'un magazine automobile du même groupe, qui se vend plutôt bien. Tout le monde travaille côte à côte, dans un immense open space.

– Vingt-cinq pour « petit con ».

– Trente pour « gros naze », ça fait longtemps !

– Trente-cinq pour « connard ».

– OK, on attend !

Les filles de la section marketing enchérissent elles aussi de leurs ordinateurs. Les employés, d'une moyenne d'âge de 30 ans, gloussent de concert à chaque prouesse d'éloquence lyrico-grossière de leur directrice. C'est l'occasion de se faire un peu d'argent de poche. La bourse aux gros mots est devenue le jeu officieux de l'entreprise. Un règlement strict circule même illicitement dans les boîtes mails personnelles. Il est formellement interdit d'abandonner un pari en cours de route et de payer ses dettes à plus de 48 heures. Si un parieur enfreint la loi, il est immédiatement rejeté de la communauté des joueurs et déjeune seul pendant une semaine. Personne n'a osé se frotter à une telle radiation sociale. Tout le monde se prend donc au jeu très sérieusement et les liasses de billets tombent sur les bureaux une fois la tornade passée.

– Espèce de salopaaaaaard !

Cédric a le sourire triomphant. Il récolte 20 euros multipliés par trois – le nombre de parieurs. Il a l'intuition du gros mot. C'est un don chez lui. Il sait lire dans l'obscurité des femmes. Il palpe leur grossièreté et se trompe rarement. On l'appelle le médium du vulgaire.

Quelques minutes plus tard, Françoise sort du bureau de Pellegrino et fonce sur moi. Elle semble à nouveau normale.

– Amandine, quel jour as-tu organisé le casting pour la prochaine série mode ? Je veux être présente !

– C'est mercredi à la rédaction, de 11 heures à 13 heures, avec la photographe.

– Très bien, je passerai certainement !

Oui, j'organisais à mon tour un casting de mode ! Je passais de l'autre côté du miroir, j'inversais les tenues, j'endossais la veste du jury, je choisissais moi-même quelle fille poserait dans « mon » magazine et je comptais bien prendre ma revanche !

31

Mercredi, 11 heures. Un sentiment d'être une collabo m'envahit. Comme si je trahissais mes copines mannequins en endossant un rôle qui m'a longtemps torturé. Vais-je en croiser certaines que je connais ?

Je suis assise à une table à côté d'Ina, la photographe allemande que j'ai recrutée quelques jours auparavant pour ma première série mode en tant que directrice artistique. Françoise n'est pas venue. Peut-être un malaise vagal… Au loin, j'entends les modèles sonner à la porte et entrer pour patienter dans le hall.

11 h 01. La première fille entre dans la salle. Elle a à peine 20 ans, est blond vénitien et a la peau translucide. Lorsqu'elle se dresse devant nous, du haut de son mètre 75 et perchée sur des talons hauts, je me sens terriblement mal à l'aise. Je m'imagine à sa place, stressant à l'idée de ce que l'on va bien me trouver de moche cette fois-ci et anxieuse de rater encore un casting alors que le fric pouvait manquer. Un air trop angélique, un sourire trop classique ou une cuisse trop

forte pouvaient aussi m'empêcher de boucler mes fins de mois !

Je me sens minuscule sur mon fauteuil, à devoir juger le physique d'une jeune femme à mon tour. Qui étais-je pour commenter les courbes d'une autre ? Pour savoir à quel visage mes lectrices aimeraient s'identifier ? Désiraient-elles d'ailleurs vraiment se projeter sur une fille modèle ? Pourquoi devais-je leur imposer un exemple de beauté dans mes pages ? Et si, finalement, je ne faisais que renforcer les complexes de mon lectorat en manque simplement de *girl next door*... Pourquoi allais-je continuer d'imposer un diktat de beauté alors que j'en avais moi-même souffert corps et âme ?

Ina saisit le book de Paula, 88-62-89, agence PRISM. Elle feuillette rapidement, s'arrête sur une image, pointe du doigt son visage sur la photo et me dit à voix haute :

– *She is not enough rock'n'roll ! And a little insipid...*

Je suis en train d'halluciner. Je n'ose pas relever la tête de peur de croiser le regard de la mannequin, qui, bien évidemment, a tout entendu... Je suis au fond de mes chaussettes, je me sens bourreau et traîtresse. Je continue de regarder les pages que tourne impassiblement Ina, les yeux un peu vides. La jeune fille ne correspond en effet pas du tout à ce que l'on recherche malgré sa grande beauté. Notre égérie doit être une jeune femme espiègle, rebelle, un brin punk. Paula inspire plutôt une beauté de peinture italienne, très madone. Je suis en train de réaliser que l'on peut être sublime et se faire refouler d'un casting. Je me trouve complètement idiote de réaliser quelque chose d'aussi simplet au bout de tant d'années. Comment pouvais-je ne pas m'en être rendu compte auparavant ? Pourquoi me sentais-je toujours moche lorsque je ratais un casting ? Me retrouver à la place de celle qui choisissait me faisait réaliser très clairement les paramètres qui s'imposaient dans un choix de mannequin. Il fallait suivre une ligne éditoriale, une image, un message, une tendance, un moment, un style, un goût et des ego... On ne pouvait évidemment pas correspondre chaque fois à tous ces critères en même temps, et cela ne voulait pas dire que l'on était un monstre au visage déformé pour autant. Je le savais, je me l'étais déjà répété, mes proches me l'avaient dit, mille fois bien sûr, mais aujourd'hui, ça m'éclaboussait en pleine face. C'était beaucoup plus réel.

– Merci beaucoup d'être venue, Paula.

Je lui tends son book et, comme la coutume l'exige, ne lui donne aucune indication de plus. Je l'englue dans le doute, affreusement gênée que je suis de ne pas pouvoir lui dire quelque chose de sympa ou tout simplement de plus clair. Je me revois encore à sa place, me demandant bien ce que l'on avait pensé de mes photos et si j'allais recevoir un appel de mon bookeur le lendemain pour une option.

11 h 03. Nastya est la suivante. Elle me semble incroyablement jeune. Je vois une toute petite jeune fille sortie du nid, le visage poupin, les cheveux

blonds comme ceux des bébés arriver devant moi. Son corps encore en pleine métamorphose contraste avec ses talons aiguilles et sa minijupe. Je lui donne 14 ans grand max.

– Hello, Nastya !

– *Hi !*

Elle affiche un grand sourire juvénile. Elle n'a pas encore été brisée par le système et l'idée qu'elle puisse le devenir me glace soudainement le sang.

– Elle est très jeune ! me dit Ina en reprenant soudainement la langue française.

– Oui.

Je réponds doucement, exaspérée par le fait qu'Ina continue de s'exprimer comme si les mannequins n'existaient pas. J'ai envie de la tuer !

Nous parcourons son book rapidement. Quelques séries me choquent par leur sensualité pour une jeune fille aux prémices de la puberté.

– *How old are you ?* demande Ina.

– *Sixteen.*

Nous savons que les bookeurs interdisent souvent aux jeunes filles de donner un âge en dessous de 16 ans. Visiblement, c'est le cas.

Je lance :

– *Many thanks, Nastya ! I'm very sorry but you are too young for our editorial. We need a 20-years-old girl. Have a good day, and good luck for your next castings !*

Ina me lance un regard interloqué. Elle se dit à coup sûr que je suis novice dans le milieu pour réagir de cette manière et surtout me justifier ainsi. Je ne lui ai pas parlé de ma carrière de mannequin.

Les minutes et heures suivantes se déroulent péniblement pour ma part, car j'accueille une à une des beautés éblouissantes et leur trouve toujours quelque chose ne collant pas à ce que je cherche pour *Style Mag*. Je me trouve difficile, odieuse, exaspérante. J'ai une idée très précise du physique qu'il me faut pour incarner mon shooting et je ne le trouve pas… Sinara sera trop commerciale, Dasha, trop *tomboy,* Camille, trop *old school,* Charlotte, trop podium. Je n'aimerai pas le visage anguleux d'Audrey, les sourcils trop fournis de Yelena et la moue boudeuse de Lana. Coralie serait parfaite si elle n'avait pas les cheveux roses, et Margarita, divine si elle n'avait pas déjà 27 ans…

À 12 h 45, je hais mon exigence. Je suis le résumé de tout ce que j'ai détesté pendant mon épopée de mannequinat. Je suis devenue une ordure.

Pourquoi n'étais-je pas conquise par la première fille venue ? Bon sang, elles étaient déjà toutes magnifiques ! Pourquoi fallait-il que je leur colle ma liste de fustigations personnelles ? J'étais bel et bien devenue folle.

De son côté, Ina avait déjà mis deux options sur des filles. Je n'étais pas du tout emballée, elle, si. Elle commençait à me trouver difficile, je commençais à me trouver tyrannique. Que cherchais-je à me prouver en passant de l'autre côté des castings ? Voulais-je punir ces filles ? Me venger inconsciemment ? Étais-je devenue si cruelle à force de souffrance ?

Mais à 13 heures pile arrive Matilda. J'ai un flash. Blonde, fraîche, vivante. J'aime son allure gracile et son petit côté obscur parfait pour incarner ma rockeuse.

– *She is a little small,* déclare Ina. *Nevertheless I make a Polaroid.*

Ina se lève et demande à Matilda de faire trois poses rock. La mannequin s'exécute parfaitement. Lorsqu'elle quitte le casting, je suis hystérique !

– Ina, c'est elle qu'il nous faut ! Matilda est parfaite pour notre série ! Tu ne trouves pas ?

– Beaucoup moins graphique que Lorene ou Ekaterina, selon moi, chérie ! Et elle ne mesure que 1 m 70. *Look at her composite !*

Lorsque je me penche sur le composite de Matilda, j'aperçois exactement les mêmes mensurations que les miennes. Au centimètre près. Je lis également : *Cheveux blonds, yeux noisette.* Je suis choquée. Je fixe à nouveau le visage de ma chouchoute et réalise qu'elle me ressemble beaucoup dans le style, les traits, les formes du corps. J'ai honte.

Ina réalise la même chose que moi au même moment.

– *She looks like you,* Amandine ! s'esclaffe-t-elle suite à sa trouvaille. *You are like Donatella Versace ! You love when girls look like you !!!*

Je baragouine un truc incompréhensible en essayant d'expliquer mon choix. J'étais bien prise la main dans le sac. Matilda était mon sosie, en plus jeune. C'était moi pendant mes années de dur labeur. Mais contrairement à ce que disait Ina, je ne me voyais pas en pleine crise de mégalomanie. Non, je comprenais que j'étais en train de me sauver et de réparer cette partie de corps malmenée qui avait tant crié en moi. J'avais envie de me récompenser, de me sublimer et de me donner une nouvelle chance.

Matilda était le symbole même de ma rémission et l'appel d'un nouveau départ.

Remerciements

Un grand merci.
À Ludovic et ma famille pour leur amour et leur soutien.
À la personne qui se reconnaîtra pour la photo de couv'.
À Céline, pour son super lifting.
Et à la vie, pour m'avoir fait vivre des expériences aussi loufoques !